第一話

居酒屋『郷』の日常

「マスター、変なこと聞いていいか？」

二二四〇年五月、日本のとある場所に存在する無法都市、暗黒街。その片隅にある小さな居酒屋で古い回転椅子に座った大男がそう切り出す。ランバーという名のこの大男はいわゆるサイボーグで、荒事を得意とする何でも屋だ。

この居酒屋の店主である俺はその問いかけにキョトンとする。ランバーはマフィア相手でも物怖《ものお》じせず話す胆力《たんりょく》を持つ。そんな男がただの居酒屋店主相手にわざわざ遠回りな聞き方をするなんて、よほどのことなのだろう。

酒のつまみとして人気（当社調べ）の枝豆を準備しながら、俺は少しからかい気味に返した。

「変なこと聞いていいかって表現はよく使うけど、本当に変なことってあまりないよな」

「チ○ポが二本になったオレを、どう思う？」

「本当に変な話だった⁉」

おいおいチ○ポが二本ってどういうことだよ。全人類の平均チ○ポ数は○・五本なのに、こいつだけ突出しているじゃねえか。

俄然《がぜん》興味が湧いてきた俺は枝豆と合成酒をランバーの前に置き、続きを促《うなが》した。するとランバーは自身の左腕を掲《かか》げる。それは金属製の部品で強化されており、肉の中に幾《いく》つものケーブルが接続されている。

医療技術や仮想現実との連携を目的とした身体改造は、昔からある程度行われていた。しかし二二世紀後半に入り、国力の低下と企業の権力増加、それに伴う治安の悪化は国民に自衛の必要性をもたらした。

結果として爆発的にサイボーグ化手術は普及し、暗黒街の多くの人間はサイボーグと化している。そして更なる力を追求するための身体改造も、盛んに行われていた。

「オレは昨日、新しく身体改造を行うことにした。体に単発のロケットランチャーを仕込むってやつだ」

「最近人気らしいな。オーサカ・テクノウェポン社の治安維持戦闘部隊が機動戦車を使ってくるからそれへの対策にって」

「そう、それだ。そして今回オレが見つけた店は、一回身体改造すると同じのがもう一個おまけ！」

「大体読めてきたぞ……」

ランバーはヤケ酒の如《ごと》くグイッと合成酒を呷《あお》る。暗黒街の合成酒は自然由来のものではなく工場で化学合成された安酒だ。それも味付けや風味を最低限にして、とにかく酔うためだけに造られたという最悪の代物である。

しかも抽出《ちゅうしゅつ》が上手く行っていないらしく、時たま明らかに入っていてはいけない薬品の臭いがするときがある。二一世紀を知る身としてはクソとしか言いようが無いが、二三世紀の人間はむしろこういったものを好むようであった。

「というわけで左腕のついでにチ〇ポをおまけしてくれたってわけだ！」

「何でロケラン買ったらおまけでチ〇ポがついてくるんだよ、ロケランがもう一個ついてくるならまだ分かるけどさ！　というかチ〇ポは高いんだぞ！」

チ〇ポを連呼しているが幸いにもここにそれを咎《とが》める人間はいない。というのもこの居酒屋、暗黒街の隅っこという立地から分かる通り、全然客が来ないのだ。……断じて俺の料理が不味《まず》いからではない。なので隠れた名店と呼んで欲しいところである。

それはさておくとして、チ〇ポが高いのは本当だ。一般に生殖器《せいしょくき》などの臓器は移植・保管・合成が難しい。そのためロケランの数倍は値が張る。そんな高価な品がロケランのおまけについてくるなんてあり得ない、というかそもそも「同じものがもう一個おまけ」って話じゃなかったのか？　とカウンターからランバーの股間を覗《のぞ》き込《こ》むと……。

「も、もっこりしてやがる……！」

「そりゃオレは二本あるからな。トイレに行くと皆のヒーローだ」

「嫌なヒーローだな」

「しかもこのチ○ポ、何か地図みたいな刺青《いれずみ》が刻まれているんだ。きっと黄金の在処《ありか》に違いない！」

「最悪な埋蔵金伝説始まったな」

「刺青の入ったチ○ポを重ね合わせることで真の宝への道が開かれる！　オレは狙うぜ一攫千金《いっかくせんきん》！　手伝ってくれよマスターも！」

「嫌だよ刺青チ○ポ見たくねえもん」

最悪の会話が繰り広げられる。何でこんなにチ○ポについて話し合わなきゃならねえんだ俺たちは。いくら暗黒街の寂《さび》れた居酒屋とはいえ、流石《さすが》に低俗すぎる。もっと高尚な話題、例えば社会の行く末とかについて語り合おうぜ。

俺は苦笑いしながら首を横に振るが、しかしランバーの顔は真剣だった。

「え、本気で刺青チ○ポ埋蔵金伝説やるの？」

「それは半分冗談だ」

「半分は本気なのか……」

ランバーの表情は変わらず、俺の目を真っすぐ見詰めてくる。それを見て俺も少し、姿勢を正した。どうやら本気の話であるようだった。少し間を置いて、ランバーが重苦しく口を開く。

「仕事を手伝って欲しいというのは本当だ。今、かなり厄介《やっかい》そうな雰囲気になっていてな。マスター、あんたとんでもなく強いだろ？」

「…………」

「この居酒屋の近くになると、治安維持戦闘部隊も連合も組の奴らも追跡の手が止まる。寂れた居酒屋なのに土地代で破産する様子もない。あとは勘だ。オレみたいな間抜けでも蟻《あり》と象の区別はつく」

俺たちの間に緊張が走る。俺の眼光に百戦錬磨《ひゃくせんれんま》のランバーが少し後ずさり……駄目だ駄目だ、弱い者いじめは良くない。俺はおどけたように手を振り、カウンターの下から自分用の枝豆を取り出しつまむ。

「面倒ごとに首を突っ込む気はないさ、金にも困っていないしな。俺は居酒屋をまったり経営するだけで精一杯だ」

「そうか、分かった」

ランバーも地雷を踏んだわけではないと分かったらしく、ほっと胸を撫《な》でおろした様子であった。困っているのは事実かもしれないが、俺が手を出すと色々マズイ。だから上から目線のアドバイスだけを送ることにした。

「面倒ごとは自分で解決した方がいいぜ。力がある奴に頼ると、今度はそいつとの貸し借りが生まれる。貸し借りってのはこの暗黒街では面倒なもんだ、下手すれば生き死にすら自分の思い通りにならなくなる。その感じだとまだ『詰み』じゃないんだろう？　もっと足掻《あが》いてからでも遅くないぜ」

「……全く、そんなアドバイスができるぐらいうんちくがあるなら居酒屋を盛り上げることくらいできるんじゃないか？　あと枝豆、生臭いじゃねえか。もっと薬品洗浄をしろよ」

「うっせえこれが俺の全力！　二三世紀生まれのキッズの味覚なんて分かりませんよーだ！！！！　これがいいのこれが！」

笑い声が居酒屋に響く。これが俺の日常。ちょっと強い能力を持ってこの世界に転生したけれど、別に何かするべきことがあるわけでもなく。騒がしい世界で居酒屋のマスターとしてまったり楽しく過ごそうとする、そんな物語である。

「ちなみにチ〇ポからロケット弾発射できるぞ」

「本当にロケラン一個おまけしてもらったの⁉」

第二話　ワンちゃん（比喩）

居酒屋『郷《ごう》』のマスターである俺は、いわゆる転生者だ。二一世紀の日本で生まれ育った俺はある日、会社からの帰り道で車に轢《ひ》かれ、気が付けばよく分からん水槽の中にいた。そうやって何の前触れもなく二三世紀のサイバーパンクな日本に転生してしまっていたというわけだ。

単に未来にタイムスリップしたのか、と思っていたがそうでもないらしく、俺の知っている世界地図や歴史と異なる部分がぽつぽつとある。強《し》いて言うなら並行世界、という表現が近いのだろう。

その後、俺の転生先がよく分からん実験体で急速成長剤により体が赤子から一気に成長したとか、アルファアサルトや牙統組《がとう》と戦闘を繰り広げたとか色々あったのだが、それはさておくとして。

とにかく大事なのは、組織同士の争いに巻き込まれるのが嫌で早々に逃げ出し、優雅なセカンドライフを送っているのが今の俺だということだ。逃げ出す際に色々警告しておいたし、しばらくの間はどこも手を出してくることはないだろう。……多分。

◆　◆　◆

時刻は昼の一二時。転生前ではありえない、ゆったりとした起床と共に、俺は箒《ほうき》をもって店の外に出た。因《ちな》みに見た目は前世とそう変わらない、黒髪黒目のアラサー男だ。無精《ぶしょう》髭《ひげ》とボサボサの髪をさすりながら俺は店前を歩く。

暗黒街の道は補修が全くなされておらず、地面の至る所がひび割れている。路上にはどこからか流れ着いてきたゴミが落ちており、俺は顔を顰《しか》める。

「全く、ここにゴミを捨てるアホを全員蹴飛ばしたのはいいが、風で流れ着くのは止められないか。まあこれは仕方がない。日々掃除だな」

この周辺は暗黒街と呼ばれているだけあって、警察の権限が弱い。元より国家権力なんてとうの昔に衰退しているから、ここで言う警察とは企業の保有する治安維持戦闘部隊のことである。

つまり暗黒街は犯罪し放題コースに加入している状態なわけだが、そんな中でも人々は元気に生きている。

俺が箒で店の周辺を掃き始めてから数十分後、一人の少女が店前を通りかかった。

リードを持った制服姿の美少女はこちらを見ると軽く一礼し、挨拶をする。

「おはようございますおじ様、無意味な労働ご苦労様です」

「ちょっと待て、それはなんだ」

「犬ですが、どうかしましたか?」

早速辛辣な言葉をぶん投げてくる彼女の名は牙統アヤメ。居酒屋『郷』の常連であり、そして何より暗黒街を縄張りにするヤクザ、牙統組の当主の一人娘である。まだ一六歳の学生である彼女の整った顔は、実年齢のわりに大人びており冷たい印象を受ける。黒い制服から覗《のぞ》くうなじには小さな機械が身体改造により埋め込まれていた。

が、そんな彼女よりも目立つ人物が、足元に存在していたのだ。

「は、恥ずかしいですアヤメ様!」

「人の言葉を使うのをやめなさい」

「わ、わ〜ん」

「何見せられてるの俺」

アヤメちゃんの足元で首輪を付けられた全裸の女が、犬の物まねをしていた。一応局部はシールらしきもので隠しているが、所詮はそれだけ。柔らかな肉感と豊満な胸、羞恥《しゅうち》を堪《こら》える潤《うる》んだ瞳に整った顔を見れば、大体の男は性欲を隠すことは難しいだろう。暗黒街の路地で四《よ》つん這《ば》いになっているせいで全て台無しだが。というか誰だよこいつ。牙統組の関係者なんだろうけど。背中に銃背負ってるし。そんな正体不明の全裸女から伸びるリードを、アヤメちゃんは当然のように握っていた。

そして足元で恥ずかしがる全裸四つん這い女を見て、アヤメちゃんの目が愉悦に染まる。

「あら犬の真似は恥ずかしいのかしら？　なら立ってもいいんですよ」

「で、でも立つともっと色んな部分がこの男に見られ……」

「立ちなさい、犬」

「…………わん♡」

「会って早々に、連続で特殊プレイ見せつけるのやめてくれないかな⁉」

そう、何を隠そう牙統アヤメの特徴はただ一つ、ドS。人を弄《もてあそ》び、管理するのが大好きなド変態。親父さんの指導により、結婚相手以外の男で遊ぶことはしない取り決めになっているらしいのが唯一の救いか。

代わりに彼女の部屋には幾《いく》つかの檻《おり》と監禁された女の子が……なんて噂《うわさ》を聞くが、この姿を見る限り事実らしい。怖《こえ》えよまだ一六歳なのにそこまで歪《ゆが》んでるのかお前。あと俺にいちいち絡んでくるのをやめろ。

そんな内心の叫びを知ってか、羞恥に耐えきれず四つん這いに戻る変態の隣でアヤメちゃんは妖艶《ようえん》な笑みを浮かべる。

「この犬の姿を見たら、おじ様も自ら犬に志願するかと思いまして」

「どういう理屈だよ」

「羨ましいでしょう？」

「どこがだよ」

「羨ましくないんですかワン!?」

「どこにキレてるの君!?」

アヤメちゃんに文句を言っていたら思わぬ方向から突っ込みが来てドン引きする。ええ、君志願してやってるんだそれ……。二三世紀の風紀はよく分からねえ……。

そんなアヤメちゃんが開店時間でもないのにここにいる理由はシンプル、この店の周辺が休戦地帯だからだ。主に俺のせいで。なので、各組織の重要人物が安全に移動できるということでここを通りかかることが多い、というわけである。

しかしそれにしても、と疑問に思う。アヤメちゃんがここを通るのは基本朝と夕方で、こんな昼間に出会うことはないはずなのだが。

「何で今日はこんな時間に？」

俺の疑問への返答は、意外な所から返ってきた。

「数日前、各都市を繋《つな》ぐ電磁浮遊式輸送船が爆破されたワン。その捜査の影響で一部通行が差し止め、授業は二時以降の開始となったワン」

「なんでお前が言うんだよ」

キリッとした表情で首輪を付けられた女が答える。うん、格好つけているところ悪いんだけど君、今全裸で四つん這いなんだ。カッコいい返事では相殺《そうさい》できないくらい見た目が終わってるんだ。

そして出てきた情報に考えこむ。二二四〇年のこの世界では、輸送手段として電磁浮遊式輸送船、つまり巨大なリニアモーターカーが使用されている。これらが暗黒街と東京シティや他都市を接続し、莫大《ばくだい》な資源を高速で行き来させているわけだ。特にバイオ関係の鮮度が重要な商品はこの電磁浮遊式輸送船無しでは販売が難しいレベルらしい。あのあたりの部品は僅《わず》かに組成が変質したりするだけでも大惨事《だいさんじ》を引き起こすからな。

そんな最重要の輸送設備が真っ昼間に破壊。ただならぬ話であった。

「マゾおじ様は気にしなくても大丈夫ですよ、こちらで解決しますから」

「元より首を突っ込む気はないよ、というか勝手にマゾ判定するな」

「アヤメ様の前では皆マゾだワン！」

「だからお前は何なんだよ。それはさておくとして、牙統組のお手並み拝見といったところか」

適当に彼女たちをあしらうと、ピシリと二人に緊張が走る。そんなに気にしなくてもいいのに、とは思うけどまあ仕方がない。裏社会的には暗黒街の四大勢力、そのうち二つが牙統組と俺個人と言われているらしいし。面倒だからその評価今すぐやめて欲しいんだけどね。

アヤメちゃんは背筋を正し、次期当主に相応《ふさわ》しい顔つきで俺に向かって一礼した。

「お父様に伝えておきます。おじ様のお眼鏡に適《かな》う結果を提供いたしましょう」

「そんなもんいらねえぞ。それに今回くらいの件ともなると治安維持戦闘部隊の中でもトップクラス、部隊『アルファアサルト』とか出てくるだろうしな。まあ上手くやれよ～」

アルファアサルトは大企業トーキョー・バイオケミカル社が保有する治安維持戦闘部隊、その中で最も強い存在だ。この時代では大企業は国に匹敵する権力と戦力を持つため、アルファアサルトは例えるならグリーンベレーみたいな存在とでも言えるだろう。ただ違いは、所属企業の利益のためならありとあらゆる非合法活動を行う集団である、という点だ。

まあどんな揉めごとも、俺はそこまで興味が無い。身近な人が凄《すご》く困っていたらちょっとは手を貸すかもしれないけれど、それだけ。俺がやるべきことはゆったりとした第二の人生、居酒屋経営に他ならない。というわけで俺は気軽にひらひらと手を振る。

アヤメちゃんは俺のそんな様子を見て少しため息をついた。あれ、適当すぎたかな。そう思っていると彼女はリードを手放し、こちらに近付いてくる。そして白い手で俺の顎《あご》を撫《な》でる。

「私、自分の思い通りにならないものをねじ伏せるのが好きですの。屈服させて、弄び、管理する」

「そして飽きたら捨てる、か？」

「つまらない人ならそうなると思います。でも、それが余りにも凄《すさ》まじい、滅茶苦茶な方なら、飽き性の私には珍しく一生の宝が生まれると思うのですよ」

急に何の話かと思ったら、なるほど俺が靡《なび》かないことがご不満らしい。手伝ってあげるよ、とか言って欲しかったのかもね。

彼女の細い指が俺の顎をなぞる。アヤメちゃんの表情は愉悦《ゆえつ》と期待に満ちている。が、俺はそれに応えることはできない。優しくその手を振り払い、道の先を指さす。

「そんなことになったらまったり居酒屋経営生活は終わりだ、お断りさせてもらうよ。もっとイケメンを探しな」

「ヤクザの次期当主として美人の妻とまったり生活するのも悪くないですよ？」

「まったりじゃねえだろそれ、早く学校行きな！」

ふふふ、と一六歳とは思えない余裕のある笑みをアヤメちゃんは浮かべる。二三世紀の一六歳怖い。そして流石《さすが》に今日は諦めたのだろう、そのまま彼女はリードを握り、全裸の女と一緒に学校に向かっていった。台風一過というやつだろうか。精神的な疲れでため息をつきながら、彼女の背中にふと疑問を投げかけた。

「それで全裸の女は何なの？」

「アルファアサルトの元隊長ですわ」

「護衛だワン！」

「嘘《うそ》だろお前⁉」

第三話　思想が偏りすぎてるねん

この世界の倫理観は、端的に言って終わっている。医療という名の身体改造が横行し、かつて禁忌《きんき》とされていた領域に科学が手を伸ばしたことにより、様々な前提が崩壊した。

例えば殺人。クローン人間や脳のデータ移行という技術は魂という概念を失墜《しっつい》させ、人々は倫理と良識から解放された。あれだけ治安が良かった日本は一体どこに行ったのだろう、倫理と良識に囚《とら》われない人々の頭を占めるのは損得と激情のみ。アヤメちゃんもランバーも、周囲を歩いている人たちも一度天秤《てんびん》が傾けば驚くほどあっさりと殺人を選択肢に組み込んでしまう。

……まあ本当のことを言えば、俺という存在がいる時点で魂の実在は立証されているのだけれど。別の肉体に記憶と精神を保持したまま乗り移る転生なんて、魂かそれに近しい何かで無ければ説明がつかない。初めは科学者たちの造った記憶かとも思ったがそれにしては変だ。記憶が詳細すぎるし貴重な実験体に移植する人格として俺はあまりにも相応《ふさわ》しくなさすぎる。というか造った記憶なら小学生の頃の黒歴史くらいは消しておいて欲しかったよ……。

閑話休題。

店の周りを清掃し終えた俺の次なる日課は買い出しだ。冷凍技術が進化した今、商品の賞味期限というものはそこまで気にしなくてよくなった。店をやる側としては在庫の管理が楽になるのは大変ありがたい話である。

問題は俺の好きな食材がそもそも売っていないことだった。ネット通販で売られているものの大半は気味の悪いペーストみたいな、二三世紀の奴らが好む食事だ。俺のような二一世紀おじさんにとって必要なのは野菜、肉、生魚。それも全て合成品や代替品ではない、天然のものだ。

そんなものを普通に買おうとすると高くつく。というわけで俺は毎日のように市場に向かい、特価品を探すわけである。

「お、今日は賑《にぎ》わっているな」

店から歩いて三〇分ほどの場所に市場はあった。それは一棟の巨大な廃ビルで、外装は所々砕《くだ》けていて外から中を覗《のぞ》くことができる。元々は大企業オーサカ・テクノウェポン社が保有していたが、治安悪化に伴《ともな》い放棄したものだ。それを街の住人が不法占拠した、というのが経緯である。

そして中にいる者たちは皆身なりがきちんとしている。というのも本当にやばい、スラムの底辺の住人とかはこんなところに来ないで電子ドラッグが提供する快楽の世界に旅立っている。なので市場や俺の酒場に来るような連中は裏社会を住処《すみか》にする『訳あり』ではあるが、比較的コミュニケーションの取れる人間が多い。

「クイズで値引きタイム、イェーイ！」

「うおおお、オレはやってやるぜぇ！」

……こういうアホも多いが。声の方を見ると妙齢の女技師、メジトーナがいる。服装は地味な作業着だが、その豊満な体つきをむしろ強調する結果になっている。普段は落ち着いた物腰の女性なのだが、今日はやけにハイテンションだ。電子ドラッグでも摂取したのだろうか。

そしてもう一人が昨日の夜の客、ダブルチ〇ポ野郎こと何でも屋のランバーである。何やってんだこいつら、と思っているが彼らの商談（？）は止まらない。

「反政府クイズ第一問、剣は剣でも能力が低く使い道のないケンはな～んだ！」

「現政権！」

「正解！」

「劣悪なのはこのクイズだよ！」

さらりと馬鹿にされる日本国の現政権に涙が止まらない。資本主義の権化である企業が力をつけすぎてもう権力が無きに等しいのは事実だけれど、それは流石《さすが》に可哀想《かわいそう》だぞ。地獄の中で正義を貫こうとする公安の皆さんの努力を想い涙しろよ。

そんな俺の突っ込みは空《むな》しく宙に消え、メジトーナとランバーは反政府クイズなるものを続ける。

「反政府クイズ第二問、常に権力が無く謝罪し続けている哀れな存在はな～んだ！」

「ソーリー！　すなわち総理大臣！」

「正解！」

「答えは正解でもお前たちの性根は間違えている気がするぞ……」

遠目にそう呟《つぶや》いていると俺のまなざしに気づいたのだろうか、二人がこちらを振り向く。

まあ気づかれてスルーするわけにもいくまい。よっと手を振り彼らに近づく。ランバーは俺に手招きをし、スッキリとした笑みを浮かべ言う。

「マスターもやるか、反政府クイズ」

「俺はやめとくよ。一応仁義ってもんがあるからさ」

二一世紀の頃は政策に賛否両論あったが、俺自身は国家のおかげで安泰《あんたい》な生活を過ごしていた。今のように誘拐や殺人におびえる必要のない社会づくりには、やはり政府の力があったと思うのだ。だから恩恵を受けた二一世紀おじさんとしては、そこまで酷《ひど》い罵《ののし》りはあまり聞きたくないのが実情であった。だが二人は俺の言葉を聞いて怪訝《けげん》な表情をする。

……まあ二三世紀の彼らからしてみれば関係ないよね。

それはさておくとして、俺も気になっていたのでメジトーナが露店に並べている商品を覗く。魔改造された義手、ロケットランチャーが装着された胸部装甲とサイボーグの部品の切り売りが多い。

「久しぶりだなメジトーナ、しかし今日はやけにサイボーグの部品が多い。誰かを無理やり解体でもしたのか？」

「ふふ、実は真逆でね。自分から解体して欲しいなんて言う奇特な奴がいたらしい。ドMだったんだろうね」

「そのワードを今すぐやめろ、さっきの光景が思い浮かぶんだ……」

もうドMと聞いただけであの変態全裸アルファアサルト女を思い出してしまう。やめろよあの部隊マジでかっこよかったんだぞ。戦ったときの好印象があいつのせいで全て崩れたよ。今日からお前はドエムアサルトだ。

そう思いながらそれらのパーツを見ていると、少し奇妙な点がある。装甲や部品の一部にむしり取られたような形跡があるのだ。硬いパーツにこんなことをするには専門の工具がいるし、やったところで価値が下がる。元の持ち主が特定できるエンブレムや刺青《いれずみ》でも刻まれていたのだろうか。ランバーはそれらのパーツが目当てらしく、しきりに眺めては「これをどこで買ったんだ？」とメジトーナに質問を繰り返している。

そんな二人を横目に商品を漁《あさ》っていると、メジトーナの陳列棚に思わぬものを見つける。

おいおいこいつは……。

「代替品じゃない本物のサーモン……！」

バッテリー付きの小型冷凍機に入ったそれは、どう見ても冷凍サーモンそのものだった。ラベルを見ると有名企業のロゴが記載されている、間違いない。俺がやたらと驚いているのには理由がある。確かに自然環境が大方破壊されたこの時代でもなお、漁や酪農《らくのう》といったものは行われている。ただし人々の好みが移り変わったこともあり、生産数も少なく価格も高い。

ましてや他国から入手しなければならないサーモンなんてそうそうお目にかかれたものじゃない。俺はメジトーナに顔を近づけ、彼女の切れ長の目を覗き込む。眼窩《がんか》インプラント特有の反射を持つ目は、すぐに俺から逸《そ》らされた。あ、こいつ吹っかける気だな。

「このサーモン、いくらだ？」

「三万クレジットだね。なんせ手に入れるのに苦労した」

「盗品だろ」

「大企業どもは軒並み違法行為にあたる人体実験や薬物の開発、人身売買を行っているわけだし、むしろ私たちは義賊にあたると思わないかい？」

「屁理屈《へりくつ》をこねなくてもいいだろ、同じ穴の狢《むじな》だよ」

「そりゃ残念」

とはいっても、本当に大企業どもがやばいことをやっているのは事実だ。例えばヤクザ牙統組《がとう》は戦闘用サイボーグを多数抱え、オーサカ・テクノウェポン社と持ちつ持たれつの関係を保っている。その大企業オーサカ・テクノウェポン様は本年度ホワイト企業大賞№.1に選ばれているわけだから、まあ笑いごとじゃない。やっぱり倫理観が終わってるんだよなー。

ただ言い換えるとはみ出し者でも結果さえ出せば受け入れられる土壌がある社会ではあるのだけれど。短く太く生きたい人間にとってはある種の楽園と言えるだろう。

それはさておき、値切り交渉を始めることにする。反政府クイズなんてしなくても値引きしてもらえることを証明してみせるぜ……！

「三万クレジットは高い、一万五〇〇〇」

「二万七〇〇〇。それ以上は譲れないね。反政府クイズをするならもう少し安くするけれど？」

「おいおい分かってねえな、こんな天然の生臭いもの買うのは俺みたいな物好きだけ。それに盗品ってことは追手がかかっている可能性もあるよな？　足がつく前に売り払いたいのはお前だろ。あと反政府クイズは絶対にしない。一万二〇〇〇」

「足元を見ないでくれよ、二万四〇〇〇クレジットだね」

「残念、じゃあ一万クレジット。タイムイズマネーだ、時間がたつごとに値段を下げていくことにしよう」

「……一万五〇〇〇クレジット」

「よし決まりだ」

この手の交渉は強気に行くことがコツだ。そんなわけで俺はあっさりと半額シールを手にすることに成功した。よっしゃ、かなり割安で買えたぞ、今日はサーモンパーティーだ！

「全くあんた、交渉慣れしてるね」

「相場勘があればこんなものさ。天然食材の鬼と呼ばれた男だぞ」

「なんだいその呼び名は……」

呆《あき》れた様子のメジトーナにちょっと胸を張りながら俺は代金を支払う。使い捨ての電子マネー、昔で言えばプリペイドカードである小型電子端末をとり出し、彼女に手渡した。

額を確認したメジトーナは頷《うなず》き、サーモンを俺に手渡してくる。

「また天然物があったら連絡くれ」

「あいよ、まいどあり」

しかしこんな強気な値引きに応じるなんて、相当急いで盗品の換金をしたかったらしい。

こういったことにも慣れているメジトーナにしては珍しいものだ。そんなことを思いながら俺はランバーとメジトーナに手を振り、その場を後にする。こうやって俺は値引きクイズとかいう茶番から逃走し、無事に《居酒屋『郷《ごう》』本日のおすすめ　生サーモンの刺身》を入手することに成功したのであった。

「反資本主義クイズ、イエ～イ！」

「イエ～イ！」

「全方面に喧嘩《けんか》を売ればバランスが取れるって思ってる人⁉」

第四話　勝ち抜け争奪戦！

無事にサーモンを手に入れた後、俺はまったりとゲームをして居酒屋の開店時間を待った。この店、居酒屋『郷《ごう》』は暗黒街の片隅にある。結構前に麻薬の売人共をぶっ飛ばした際に手に入れた建物を、改装して店にしたのだ。そんな理由で土地代〇《ゼロ》クレジットの店ではあるが、建物としてはきちんとしている。唯一の難点は、何故か一階にしかトレイが無いことくらいか。

外観は三階建ての小さなビルで、一階を居酒屋、二階を倉庫代わり、三階を住居にしている。入り口には昔ながらの赤い暖簾《のれん》がかかっていて、『郷』と店名が記載されていた。外見はなんとか木造っぽくしたい、という超個人的な要望により一階だけ壁を木目タイルで覆っている。このご時世、大量の木材を手に入れるのは流石《さすが》に無理だし、木造建築ができる業者もいないからな。

そんなわが店の内装は、まさに二一世紀の居酒屋といった様相だった。奇跡的に入手できた木製のカウンターに、商品名の書かれた札。ほとんど使われることはないが個室もあり、個人的には凄《すご》く満足している。

「でも客が来ねえんだよなぁ……」

俺はカウンターで項垂《うなだ》れる。そもそも暗黒街の片隅にまで来る客なんてほとんどいない。更に俺の存在そのものが敬遠される要因だ。アヤメちゃんとかは俺の店に来ることにより、「胆力《たんりょく》がある」と周囲から尊敬の念を抱かれているほどらしい。恐れすぎだろマフィア共。まあ昔凄く嫌がらせされたから、どでかい仕返ししちゃったもんな。爆破した本拠地、今では直っているのかなぁ。

「おじ様」

「ワンッ！」

噂《うわさ》をすればなんとやら。昼に出会った声が扉の方からまた聞こえてくる。視線を上げると案の定、例の二人の姿が見える。すなわちアヤメちゃんと全裸四《よ》つん這《ば》いド変態女だ。

俺は軽く手を上げて歓迎の意を示す。

「いらっしゃい。当然だが未成年には酒は出さんぞ」

「おじ様、相も変わらず考え方が前時代的ですね。頭を割ったら化石の脳が出てきそうです」

「採掘してみるか？　親父さんは失敗したけれど、アヤメちゃんなら可能性あるかもな」

「ふふふ、遠慮しておきます。これでも勇敢《ゆうかん》と無謀《むぼう》の違いは分かりますので。でも、頭蓋を割って中に爆弾を仕込んだら、おじ様を思いのままにすることができるんですよね。それは心躍ります」

「うーん」

アヤメちゃんが妙に艶《なま》めかしい動きで股に手を当てる。可哀想《かわいそう》なので真実を告げるのはやめておくか……。というか親父さん、俺の能力の詳細をちゃんと口外していないな。偉いぞ。牙統《がとう》組本拠地を叩《たた》き潰《つぶ》した際にしっかりお話した甲斐《かい》があったというものである。

一方で変態四つん這いマゾ女は若干むすっとした表情で俺を見ている。そういえば彼女の名前を知らないがもうドエムアサルトでいいだろう。こんな変態の名前覚えたくないし。

「とりあえず入りなよ。今日はいいサーモンが入ったんだ」

「合成ソルベをいただけますでしょうか？」

「さらっと流すな！」

「お酒が欲しいですワン！　私は一八歳以上ですワン！　あとサーモンにも興味あるですワン！」

「その語尾腹立つな……まあ座れ、準備する。おいお前は床に座ろうとするな、提供しにくいんだよ椅子に座れ！」

一時間後。

「サーモン食べた瞬間トイレ行きやがったぞあいつ……」

「胃を改造した際に天然物の消化機構を削っていたみたいですね。しかもお酒もいっぱい飲んでいましたから、仕方がない子です」

「バラムツみたいな感じなのか……」

「おえええ……ひっく！　うい〜〜」

こんなに美味《おい》しいのに、とサーモンの刺身を醤油《しょうゆ》に付けて食べる。この脂《あぶら》がたまらないんだ、ああ買ってきて良かった！　俺は感慨に耽《ふけ》りながらサーモンを堪能《たんのう》する。

店主が客と一緒に飯を食べるのはマナー違反な気もするが、こんなことをするのには理由がある。俺が買ってきた天然食材、誰も食べてくれないのだ。二三世紀キッズ曰《いわ》く生臭すぎて嫌だ、とのこと。だから俺がこうやって美味しそうに食べることで販売促進を行っているわけである。客のことを思うなら合成食品もっと用意しろよ、という声も時たま聞くが知ったことじゃない。俺の店だ、俺のやりたいようにやるのだ。そんなんだから客が来ないんだけれど。そろそろ変えてみるべきかもしれない、という気にはなりつつあるんだけど、転機がないんだよなぁ。

カウンターの向こうでウーロン茶を飲むアヤメちゃんも、初めは恐る恐るだったが今では嬉々《きき》としてサーモンの刺身を食べ始めていた。ただし醤油ではなく塩だったが。

「これならシンプルで食べやすくていいですね。おじ様が用意してくださる食材の中では相当マシです」

「凄い失礼な言葉が聞こえたな」

「だっておじ様の味覚が古すぎるんですもの。私、おじ様と食事をするときはいつも味覚パッチを当てているくらいですから。今日のこれはパッチ無しでもいけますけれどね」

「その情報初めて知ったぞ」

「気遣いを悟らせない、これが奥ゆかしさですよ」

「奥ゆかしい人間は全裸四つん這い女を連れ歩かないだろ」

そう言いながら彼女は首元を少しはだけさせる。そこには宝石のような形状をした金属が埋め込まれており、背中まで繋《つな》がっている。神経系の強化パーツ、脊髄《せきずい》置換機構だ。脳まで接続され、思考や身体制御の補助を行ってくれる。

映像を直接取り込むことも可能で、学習から娯楽までありとあらゆる面でサポートをしてくれる。そして地味に最高なのは制眠機だ。つまり睡眠薬なく、スイッチを押せば睡眠状態に入れるようになる。そのため軍やマフィアの必需品であり、多くの市民が受け入れる身体改造の一つとなったのであった。まあ俺は付けてないんだけど。

「おじ様も付ければいいのに。折角だし化学合成品の良さも味わってみてはいかがですか？」

「俺の体はそういうのを受け付けないんだよ。そもそもこの酒だって、脳には影響しないんだぜ？」

そう言いながら数日前に珍しく手に入れることに成功した焼酎《しょうちゅう》を飲み干す。この味がたまらないのだが、残念ながらこの体になってからは酔うことはできなくなっていた。体がアルコールを毒物と判断し、一瞬で分解してしまうのである。強いという意味ではいいんだがこれだけは難点なんだよな。

「お、お腹が～、おぇぇ！」

「そういえばおじ様、昼の輸送船爆破事件ですが、妙なことになっていましたよ」

店主なのに客を放置して堂々と酒を飲むという、酔わないからこそできるムーブをしていると、急にアヤメちゃんが真面目な顔になる。横から聞こえる変態女の叫びで台無しだが、それはさておくとして。

輸送船爆破事件、アヤメちゃんの学校が午前中休校になった原因の事件である。早速調べたのか、と驚きながら俺は問い返す。

「アルファアサルトの奴らがここ周辺を遠巻きに監視しているのと繋がっている感じか？」

「……流石、気づかれていたんですね」

「明らかに動きが手馴《てな》れているからなぁ。なるほど、それが輸送船由来の捜査だと」

遊びでカマをかけてみると見事にヒットする。今日、この周辺を遠くから見張っている人間が多いのには気づいていたが、誰かは分からなかったんだよな。これは助かる。

アルファアサルトは大企業トーキョー・バイオケミカル社が保有する最強の治安維持戦闘部隊。そのため必要とあらばこの暗黒街にも介入してくるわけだが、俺が捜査される理由に覚えが無さすぎる。事件当時、俺はゲームしてたし。

「何か危ない物を手に入れたり、招き入れたりした覚えはありますでしょうか？」

「お前たちがまさしくそうだぞ。うーん、でも輸送船の爆破事件に関わりがありそうなものは無かったがなぁ」

二人揃《そろ》って首をひねる。そうこう話しているうちにアルコールが体内で分解され、あっという間に尿意が押し寄せてきた。まあこれ以上考えても仕方がない、と立ち上がる。

「ちょっとトイレ行くわ……!?」

そう言ってカウンターを離れ、便所に行こうとして俺は衝撃的な光景を目にする。

「男性用トイレが、空いていない……!?」

「さっき酔ったワンちゃんが入っていきましたよ。ふふ、あわてんぼうですね」

あわてんぼうのサンタクロース、全裸四つん這い首輪付きでやってきた～、と謎の替え歌が頭をよぎる。あのワンちゃん、急ぎすぎて近い方のトイレに入りやがったのかよ……！

俺は扉をガンガンと叩き、抗議を始める。

「おい四つん這い女！　ここは男用だ、出ろ！」

「あ〜わたし、おとこだっひゃんでふね〜」

「駄目だ酔ってやがる！　俺も漏れそうなんだよ！　おい、しょんべんさせろ！」

「私を便器にするつもりですか！」

「急に酔いから醒《さ》めるんじゃねえ！　あとそれはエロ動画の見すぎだ！」

トイレの扉越しに俺と変態全裸女との攻防が続くが、出てくる様子が無い。中では未《いま》だに消化器官のエラーが収まらないのか『非適合物質の除去を続行』という機械音が小さく響いている。任務用に特殊な胃に換装したのは分かるけど、ならサーモンを食べるなよ……！

俺が必死の形相で扉を叩くのを見て背後のアヤメちゃんは「ふふふふふ」と口を押さえて笑い続けている。彼女はもう一つのトイレ、女性用を指さしながら俺を嘲笑《あざわら》う。

「もう一つ空いておりますよ」

「しねえよ！　絶対何かする気だろ！」

「いいえそんなことは。女性用トイレに息を荒らげて入る姿を撮影するだけです」

「それが駄目なんだよ！」

「視〇、羨ましいですよ！」

「その元気があるなら早くトイレから出ろ！」

『エラー：人工胃腸の内部洗浄失敗、再起動と再洗浄を実行してください』

「再起動パスワードは、鎌倉幕府だから……一一九九！」

『再起動に失敗しました。三分間入力不可となります』

「それくらい覚えろポンコツ！」

「知りませんよ！　歴史の授業、二二世紀の分量が多すぎて諦める人多いんですよ！」

「検索しろ二三世紀キッズ！」

扉に向かって叫び続けるが一向に開く気配が無い。仮に無理やり鍵をこじ開けたところで今度は全裸女をどける作業をしなければならない。もうそんな余裕は、俺の膀胱《ぼうこう》に残ってはいなかった。

俺の最強の体に思わぬ弱点があることを思い知らされた。ニヤニヤと笑うアヤメちゃんを他所《よそ》に、俺は店の外に飛び出す。

「ここから大通りの近くにある公衆トイレまで三㎞、五〇ｍ一秒で走れば一分、頑張れ俺の膀胱……！」

そこらで野ションするわけにはいかない。アルファアサルトがここらへんを捜査している今、見られる可能性があるのだ。万一見られたら放尿シーンをｍｐ４ファイルで社内共有されてしまう。知らんけど。

夜の暗黒街を全速力で走り抜ける。覚えていやがれあの変態女、必ず復讐《ふくしゅう》してやる……！


余談であるが、翌日以降、こんな噂が街に流れたらしい。

「車を追い抜いて走るターボ男の噂、聞いた？」

「聞いた聞いた、股間を押さえながら凄いスピードで走ってたって」

「多分股間の部分に加速エンジンを積んでるんだろうね」

「ターボチ〇ポ男か……僕も改造してもらおうかな……」

人の噂も七十五日、すぐ忘れ去られると信じて耐え忍ぶ。それもまた、大人の対応である。

第五話　サツバツとした一幕

「オレを追跡していたのは何故だ？　話さないと撃つぞ」

「ひぃ、命だけは！」

「お、日常だ。殺すのはやめとけよランバー」

暗黒街では殺人はスタンダードな選択肢だ。とりあえず後腐《あとくさ》れないように殺す。金にならないから殺す。なんとなく殺す。当然のように禁忌《きんき》が日常の中に入り込む。

まあそう思っているのは俺くらいなのかもしれないが。二一世紀基準の思考の方がずれている。それを証明するかのような光景が目の前に広がっていた。

ドエムアサルトが酒を消費してしまったため、補充をしにいった帰り道。昔と何一つ変わらない夕日の下で、ランバーが拳銃を若い男に突き付けていた。

ランバーはいつも通りの服装であったがいくらか走ったのか息を切らしており、額に汗が流れている。恫喝《どうかつ》するために目は細まり声は低い。

一方、顔立ちからして一〇代後半くらいと思われる背の高い男は、季節外れのボロボロ

の分厚いコートを着ていた。走ったことを考えると明らかに暑いだろうに、汗の一つもかいていない。だが恐怖は感じているらしく、目じりからは涙が零《こぼ》れ落《お》ちていた。

ランバーは通りかかった俺を見て、少し表情を緩めた。

「奇遇だなマスター。買い物か？」

「酒だよ酒。お前らの好きな薬品臭のする合成酒だ」

「お、もしかして新作の『青酸カリ』か？」

「飲料に付けても良い名前じゃないだろ⁉」

ランバーはすぐに、匂いと刺激の強さを比喩《ひゆ》しているだけだと説明してくる。まあ二三世紀でも酒は大衆の娯楽、毎日のように新しい種類が販売される以上、過激な名前じゃないと売れないんだろうけど、それにしてもである、

「あ、あがぁ……」

ランバーは気楽に話しながら銃口を若い男の喉元にねじ込んでいく。サイボーグの筋力で押し込まれる金属の塊は肉を潰し呼吸を止めるのに十分だ。若い男はどんどん顔を青くし、苦痛を訴えようとする。が、喉を押さえられているため出るのは掠《かす》れたうめき声だけだ。

「た、たしゅ……」

「…………」

あまり見ていて気分の良いものではないが、暗黒街で生きていくうちに馴《な》れてしまった光景の一つであった。暴力、というよりはそれによる結果に抵抗感がある人間だったので、医療の力で何事もなくなるのを何度か見たのは大きいかもしれないが。一番の理由はあまりにも犯罪が多すぎて、身を守るためには否《いや》が応《おう》でも暴力を使わなければならなかった、というものだろう。

そう考えると二一世紀の頃と比べると思想が悪い方向に偏《かたよ》っているとも言えるが、それでも二三世紀キッズ共と比べるとだいぶマシだと自負している。

「話さないか、じゃあ脚を撃つか」

ランバーは、俺と話したときの笑みを崩さずに拳銃を喉から離し、若い男の脚に当てて発砲する。サイレンサーの効いた静かな発砲音が路地裏に鳴った。

「あああぁぁぁああ！」

「おいおい、いきなりかよ」

「話は早い方が良い。美女とならダラダラ喋《しゃべ》りたいが、こいつ相手にはそうも思えないしな。で、どうしてオレを尾行していた？」

そういえば、と思い出す。確かランバーは追跡がどうこう、と言っていたな。

「そいつがこの前俺に相談しようとしてたやつか？」

俺が聞くとランバーは頷《うなず》く。なるほど、いきなり暴力を振るうからギャンブルで負けた腹いせとかなのかな、と思いきや、抱えている問題の糸口だから焦っていたという訳だ。

ランバーは痛みに蹲《うずくま》る若い男を片手で摑《つか》み、無理やり立たせる。そしてもう片方の手に持つ銃を再び若い男の首に押し当てた。

「監視だ。最近、オレの周囲で何かを探られている。しかも、相手はつまらない組織じゃない。下手すれば大企業だ。だからオレが何かしてしまったんじゃないかと思ってな」

パッと聞くと頓珍漢《とんちんかん》な話である。監視があるという話から大企業がどうという話に飛び、さらにランバーが何かしでかしたという話に行きつく。普通であれば自意識過剰で終わっていい話だ。

だがランバーはこの暗黒街を生き抜く戦士。恐らくその勘は間違っていない。

「音響探知及び光学探知による逆追跡は振り切られた。ハッキング形跡を漁《あさ》ってみても高価な機材を使い捨てにして絶対に足を残さないようにしている。企業じゃないとできない真似で、しかもオレ一人にここまでする理由が分からない」

「つまり、ランバーが何かとんでもないことをしでかした可能性があると？」

「例えば気づかないうちに機密の漏洩《ろうえい》や社員の亡命の手助けをしていた、とかな。だから早期に特定して、手を引きたいんだ」

なるほど、と俺は頷く。ランバーは何でも屋だ。だから偽装任務のような形で、自分の気づかぬうちにそのような重大事件の手伝いをしてしまった可能性があるわけだ。ならまあ、こんな暴力的な対応になるのも頷けなくもない。見た目より数段、切羽詰まっている状況だ。

「し、知らない！　僕は、盗もうとしただけで……！」

若い男は相も変わらず情けない表情で必死に懇願《こんがん》する。何度も繰り返すこの様子を見るに、どうやら本当に盗もうとしただけらしかった。そして、彼の首元にあまり見たくないものが見える。

注射痕《ちゅうしゃあと》だ。

「……ちっ、金目当てのただのジャンキーか。もういい、いけ」

「あ、ありがとうございます……」

首元を見たランバーは舌打ちした後、その手を離す、崩れ落ちた若い男は、撃たれた足を庇《かば》いながら、それでもよろよろと路地に向かって歩き出す。若い男の背中にランバーは静かに銃を向け、俺はそっとその銃口を押さえた。

「マスター、指が飛ぶぞ」

「飛ばねえよ。それより殺すなと言っただろ」

俺はランバーを睨《にら》む。ランバーは何故そこまで俺が怒るのか分からない、といった表情で肩をすくめ、俺に諭すように言う。

「銃で撃たれてもああやって歩けている時点で相当痛みがマヒしている。重度のジャンキーだ。今ここで逃がしても、症状に苦しんでまた薬を買う金を得るために罪を犯すだけだ。なら、次の被害者や本人の苦しみを無くすためにも、殺してやるのが筋だ」

ランバーの言うことは間違ってはいない。この暗黒街で、道を大きく踏み外した者が金を稼ぐ手段があるとすれば犯罪しかない。ここで見逃したことで、新たな犯罪を引き起こす可能性もある。それでも。

「俺たちに裁く権利はないだろ。窃盗未遂《せっとうみすい》に対しては既に過剰防衛だ」

「その理屈が通じるのは治安のいい昔だけだぜ」

正論である。俺の言っていることは二三世紀では完全な理想論、昔の価値観を一方的に押し付けているだけにすぎない。相手の価値観を無視し、社会の本質を見ない、過去の化石の思考だ。それでも。

「二三世紀の奴らは命を軽く見すぎなんだよ。いいか、子供は宝、殺人はＮＧ」

「あれは子供じゃないだろ。自らの意思で犯罪に手を染める、立派に自己決定のできる一人前の大人だ」

「薬物に振り回され自らの欲を自制できていない子供さ」

「その言葉を次の被害者に対しても言うのか？」

「だからといって殺すのは違うだろ。顔も知らない、存在するかも分からない次の被害者のためにあいつの命を奪うのか？　お前にその権利があるのか、ランバー？」

俺たちが口論している内に、若い男は横道に入りどこかへ消え去る。それを見て諦めたのか、ランバーは銃を下ろしてため息をついた。

「昔はオレも似たようなことを言っていたさ。殺人は二〇歳《はたち》になってからってな」

「それは全然違うだろ、コミックの読みすぎだ」

「それすらできなかったさ。殺さないと問題を解決できなかった。殺さないと安心して夜を過ごせなかった。殺さない、という選択肢を取る力が無かった。子供の頃に憧れたキャラクターは、敵を殺さず改心させていたのに。気づけば遠いところに来てしまった」

殺人は二〇歳になってから、という名言を残したコミックは普通に敵を殺していた気がするがそれはさておくとして。まあ、やはりランバーの言うことが正しいのだ。二三世紀では。

「でも殺さない方が後味はいいぞ。特に若い奴は、思わぬ転機で化けることもある」

「ツルの恩返しみたいに、防弾チョッキをくれる可能性もあるもんな」

「ゲームのNPCみたいになっていないかそれ⁉」

騒ぎながら俺たちは何事も無かったかのように、血痕《けっこん》の残る路地を後にする。こんな世の中だからこそ、せめて自分の周囲くらいは気持ちの良いものであって欲しいのだ。そして何より、あの若い男が良い人生を歩めることを祈るばかりであった。

第六話　しょうもない話で騒ぐのが一番楽しい

「僕、匂いが好きなんです」

「じゃあこの納豆はどうだ？」

「何これくっさ……最高です……」

アヤメちゃんと全裸四《よ》つん這《ば》い変態女が出現した翌日夜。そろそろ閉店しようかとでも考えていたときに新たな変態が出現した。二か月ぶりくらいに来たその男を見て俺は軽く手を上げ歓迎する。

汚れた帽子を被《かぶ》りくたびれたコートを着た、背の高い青年は名をシアンという。塗装が剝げた眼鏡をかけており、整った顔と合わさって神秘性すらある男である。まあ実際は貧乏なだけなんだけど。

俺はシアンの鼻先から納豆を戻し、カウンターで混ぜ始める。この納豆は俺特製、自分の手で大豆を吸水させた後発酵《はっこう》を経て作られた、非常に思い入れのある品なのだ。因《ちな》みに納豆菌はとある企業から融通してもらった。ちくしょう、納豆一つ用意するのにこんなに時間がかかるとは……。しかも何か臭いし。味は普通なんだけどなぁ。

そういえば納豆って、元々もっと臭かったけど匂いが減るようにしたんだっけ。そう考えれば俺が二一世紀で食べていた頃より数倍臭いのも納得がいく。俺はちょっと顔を顰《しか》めるが、シアンは逆に恍惚《こうこつ》とした表情を浮かべた。

「いやあ、やっぱりこういう劣悪な臭いを嗅《か》ぐと日ごろのストレスが晴れますね」

「そんなことあるか？」

「おならをしたとき、その臭いを嗅ぎたくなる欲求はありませんか？」

「それって自分の匂いだから好き、みたいな話だったと思うが」

「僕は誰のでも好きですね」

「聞きたくなかった……」

この男、シアンは一見どこも身体改造をしていないように見える。というのも彼はサイボーグとは異なる、強化人間であるからだ。

強化人間とは遺伝子導入や薬物強化により人間の機能を拡張した存在である。例えばシアンは犬の遺伝子を導入されているらしい。サイボーグより遥《はる》かに高価だが、ハッキングのリスクが無いのが大きなメリットだ。その性質上、機密を扱う人間や隠密行動を行う人間に施されることが多い。無論例外も多々あるが。

シアンの帽子の隙間からは僅《わず》かに犬のような耳が覗《のぞ》いている。強化人間は遺伝子導入により体の一部が変化してしまうのだ。鼻は一見変化が無いが、恐らく解剖すれば人間とは異なる構造が見えてくるはずである。

そうして遺伝子導入のせいでより様々な匂いを楽しめるようになり、性癖はなおさら加速してしまったということらしかった。因みにシアンの弱点は工場からの排ガス。犬としての遺伝子がどうしてもそういった物質の匂いを拒絶するようであった。なので二三世紀キッズ共が食べているケミカルレーションとかもかなり嫌いらしい。

つまり言い換えると、数少ない俺の出す料理を楽しみにする人間の一人である、ということだった。

昨日手に入れたサーモンの残りを出すと、彼は喜んで醤油《しょうゆ》に付けて食べ始める。この美味《おい》しさをきちんと理解しているようで、その姿を見るとなんか俺も自然と笑みが浮かんでくる。こういうのが居酒屋の店主として一番嬉《うれ》しい瞬間なんだよな！　……ちょっと鼻息が荒いのは置いておくとして。

俺たちがそうくだらない話をしていると、つけっぱなしにしているモニターがニュース番組に切り替わる。この店はびっくりするぐらい客が来ない。一日開店して客〇《ゼロ》人なんてこともあるくらいだ。だから暇つぶしとしてモニターをつけっ放しにしているわけである。

下らない商品たちの広告がいくつも流れた後、番組のレポーターがニュースを読み上げ始める。

『オーサカ・テクノウェポン社とトーキョー・バイオケミカル社は法人税の減税及び各種規制の緩和を求め、本日二一時より政府と第一四三回日本経済会議を行っています。政府側の要求は撥《は》ねのけられる見込みであり、二社間の合意がどこまで行われるかが最大の注目点となります』

この二二四〇年、日本は二つの大企業に支配されていると言える。

一つはオーサカ・テクノウェポン社。近畿《きんき》地方や中国地方、四国や九州を支配する、軍事企業である。銃器や戦闘用車両などを世界中の紛争地帯に売りさばいて利益を得る死の商人たちだ。

そしてもう一つがトーキョー・バイオケミカル社。関東や東北を支配する医療関係の企業である。通常の治療も行うが、メインはサイボーグ化手術や化学兵器、その治療アンプルの販売が主な収入源の、人体実験が趣味のマッドサイエンティストの集まりだ。因みにアルファアサルトはここ所属だ。

どちらも非道極まりない、二二四〇年を体現するような企業である。シアンはそのニュースを見て複雑そうな表情をしていた。

「……政府が企業の言いなりになる前提なのは、やはりおかしいですよね」

政府側の要求は撥ねのけられる見込み、という言葉を聞いたシアンの反応がこれである。

こいつ、政府関係のエージェントであることを隠すつもりもないだろ。

現在、この世界は企業により統治されている。そのため国家の影響力は非常に弱い。法はあれど、罰を与える力が無い以上どうしようもない。日本政府は今、オーサカ・テクノウェポン社とトーキョー・バイオケミカル社の間で翻弄《ほんろう》される存在となっていた。

「この暗黒街でそんなことを言われてもな。政府どころか企業の言いなりにすらならない犯罪者の巣窟《そうくつ》だぞ。お前みたいな真面目君がいるべき場所はここじゃないと思うけどな」

この暗黒街は、二社の支配域の隙間に存在している。日々権力闘争や陰謀が駆け巡る場所であるが、一方で犯罪行為やはぐれ者が許容される世界でもあった。

だから政府の犬がこんな所にいるのはおかしいんだけれど。そんな目で見ると、シアンは俺の目を見つめ返してくる。

「僕にはこの街しかないんです。外に出れば薬品洗浄された人間ばかり。耐えられません」

「シャワー浴びてる奴のことをそう思ってたんだ！」

ついでに地味に暗黒街の住民がきちんとシャワーを浴びていない事実が判明する。因みに俺は湯船までしっかり入っている。ただし手作り石けんしか使わないだけで。髪がゴワゴワになるからシャンプーも欲しいんだけどな。

でもこいつが匂いフェチとはいえ、清潔という概念はあるはずなんだよな。そう思って少し聞いてみる。

「お前、汚いのは大丈夫なのか？」

「苦手です。なので『本業』とは別に、流行《はや》らせようと思っているものがありまして」

「……つまり汚くないけど匂いがする、ということか？」

『本業』についてはさておくとして、俺は少し前のめりになる。政府のエージェントがお勧めする、匂いフェチ向け商品。そんな性癖はないが、流石《さすが》にちょっと興味が湧いてくる。

シアンは意気揚々《いきようよう》とその商品を取り出した。

「香水スプレー『シュールストレミング』です！」

「よし帰れ、二度とこの店に立ち入るな」

「待ってください、このスプレーには合理性と夢が詰まっているんですよ！」

眼鏡細身イケメンエージェントが出す代物ではない。匂いフェチにしてももっと選択肢はあっただろ、そう思わざるを得ないがまあ一応言い訳は聞いてやろうと思う。

「どこが合理性と夢なんだ？」

「まずこのスプレーは硫化水素《りゅうかすいそ》やアンモニアをベースにした、実験室での合成品です。つまり汚くない悪臭を発するんです！」

「硫化水素とアンモニアって、実質うんこじゃねえか！　そんな臭いがする時点で汚いよ！　あとお前鼻が潰れるぞ！」

「訳の分からない薬品の匂いを嗅がずに済みます！」

「シュールストレミングを芳香剤《ほうこうざい》だと思ってる⁉　食べ物だぞ！」

「次に匂いの調整！　合成時のガス流量を変更することでオリジナルブレンドを作れます！」

「コーヒーと同じように言うな、どれだけブレンドしても臭いだけだろ」

「そして最後に、消臭効果が高いです」

「どこがだよ！　逆に臭い付けてるだろ！」

勘弁してくれ、何で連続でこんな変態の相手ばっかりしなきゃならないんだ俺は。実質うんこの臭いについてこんなに熱く語られるのはマジで勘弁なんだが。しかも食事中だぞ。

そう思っていたがしかし、彼の表情は真剣だった。え、これガチの効果あるの？

「匂い成分を起点とした調査は、こういった匂いがノイズとなります」

「どういうことだ？」

「犬は尿で縄張りを示すと言いますが、言い換えると尿の匂いを識別できるくらい、その部分の嗅覚が発達しています。他者と自分を比較するための機能ですね」

「……なるほど、その香水を使うと特定の匂いばかりを識別してしまって他の匂いの探知能力が下がり、追跡の精度が下がるのか。シュールストレミングの匂いの元は、尿とかと近しいから」

「はい。ですので薄めて振《ふ》り撒《ま》きながら逃げれば、生物嗅覚由来の探知技術は無効化できます」

急に真面目な話をされて面食らったが、これについては納得だ。確かに匂いを元にした追跡は彼のような犬の遺伝子を導入された者や強化された犬を用いて行う。だから硝煙の匂いを頼りに追跡しようとしても、シュールストレミングの匂いが嗅覚を完全に妨《さまた》げてしまうというわけだ。

「加えて特殊感覚器持ちにも最適です。硫化水素などの一部物質は、少量でも過剰に検知してしまう機構になっていますから」

思わぬ利便性に唸《うな》る。薬品にまみれた二二四〇年では、こういった対策は確かに効果的だ。

例えば昨日の全裸四つん這い女が腹を壊していたように、効率化と適応を極めた結果、逆にこういった原始的な方向のものは苦手にしている者も多い。二一世紀でも、結局デジタルよりアナログの方が良い場面、かなりあったしな。

流石政府のエージェント、思考が冴《さ》えてやがる……！

「って別にシュールストレミングじゃなくてもいいだろそれ！　温泉の匂いとかでもさ！」

「バレましたか。上手く言いくるめれば誤魔化せるかなと」

「誤魔化せねえよ変態！　どんだけ言いつくろってもシュールストレミング:isうんこ

臭！」

「下品な言葉を連呼しないでくださいよ、もしかして変態さんですか？」

「おまえが言うな！」

だけど男友達ってやっぱりいいよな。何歳になってもガキみたいな話でガンガン盛り上がって笑いあえる。幼稚を許しあえる関係って、大人になると本当に貴重だからな。

「ってことはシュールストレミング食べたことあるのか？」

「昔の缶詰が残っていまして。強化した嗅覚がやられて数日寝込みましたが、おかげでこういった匂いの良さに気づけました」

「気づくなよそんなの……」

俺たちは酒瓶を開けながら夜中まで騒ぎ続ける。数少ない二一世紀の食を共有できる友人との、久しぶりの宴会を噛《か》みしめながら。


翌日の朝の出来事である。

「そういや納豆、美味しかったのでお持ち帰りしたいんですが、いけますか？」

「おう、ランバーにもやったしお前にもやるよ」

「ありがとうございます。大事に嗅がせてもらいますね」

「いや食えよ」

……ランバーが納豆の匂いに苦しめられていたことを知るのはしばらく後の話である。
マジでスマンかった。

第七話　ゼシアの来店

「彼氏のチ○ポが入らなかったんだ……」

「開口一番に何てこと言ってるんだこの客」

シアンが来た翌日。店にはまたしても珍しいことに客が入っていた。明日には雪でも降るんじゃなかろうか。異常気象が普通になった二三世紀ならありえるかもしれないけれど。

その客は居酒屋『郷《ごう》』に初めて来店する客であった。褐色《かっしょく》の肌に黒い長髪、端整な顔に赤い目、一七〇㎝ほどの身長。そして彼女の最も特徴的な所はその筋肉だった。

二一世紀のボディビルダーを彷彿《ほうふつ》させる筋肉に、それを隠さないようにするための短パンと半袖のシャツ。筋肉が盛り上がる一方でウエストは引き締まっており、露出度は高いが性的な要素より芸術的な美しさが勝る、そんな体であった。

が、初回の来店で開口一番チ○ポが入らないと言う時点でクソ客確定である。なんかそんなタイトルの本二一世紀にもあったよな。だが二三世紀ではその事情も大きく異なるようであった。

「入らないというよりへし折ってしまうんだ、筋肉で」

「全然話が違うじゃねえか」

ゼシアと名乗るその女はふぅと大きなため息をつきながら合成酒を飲み干す。年齢は二〇代前半くらいだろう。体をよく見るとうっすらと幾何学的《きかがくてき》な線が走っており、恐らく外部アタッチメントとの接続用端子部なのだろう。あれに合うようにパワードスーツを着込むことでラグなく動作させられる、みたいな機構だ。となるとこのゼシアという女も間違いなくこちら側の住人であった。というかチ〇ポ破壊している時点で悪人確定である。男の敵め。

「一応状況を聞いてもいいか?」

「いいぞ、マスター。まず僕はイケメンだ。しかも性格も体も完璧だ」

「とんでもねえ自己紹介が始まったな」

「僕の高貴さに学校では人だかりができ、あだ名はプリンスだった。まあ尊いものに惹かれるのは人の性《さが》、君もサインを貰《もら》いに来てもいいよ」

「知らねえよなんなんだよお前」

うん、心の奥底から興味が無い。ナルシスト筋肉女であることだけはよく分かったけれど、間違ってもチ〇ポブレイクには繋《つな》がらないと思うのだが。

「一時期は女の子が好きだったんだけれど、やはり男も経験してみようと思ってね、そんな訳で数日前、掲示板に登録したんだ」

「すげぇレトロなもんが出てきたな」

「勿論《もちろん》他のサービスも試したさ。ただ、今どきの企業が運営するマッチング系サービスからは『デストロイヤー』として既に出禁を食らっている！」

「自慢するところじゃねえだろ」

二三世紀の恋愛観念というものは昔と大きく異なっている。鋼の子宮が一般化した昨今、社会では無理に恋愛や結婚を奨励《しょうれい》するという文化が減ってきている。むしろ恋愛でバグるのを防ぐべく、逆に禁止しようとする者までいるくらいだ。俺の時代もいたよな、恋愛でバグって正常な判断ができずに大惨事《だいさんじ》を起こす奴。

まあそんなわけで恋愛という概念は完全に趣味の範疇《はんちゅう》となっている。アヤメちゃんのような『伝統的』な家だったりすると少し違うのだが。だからゼシアのように、ここまで全力でこういったことへ取り組む一般暗黒街住人は珍しいと言える。

二三世紀の恋愛観に余り馴染《なじ》めない自分としては、ゼシアを見ると昔の大学の友人を思い出して懐かしい気持ちになる。四股《よんまた》した挙句に発覚して股裂《またさ》きの刑にあってたあいつ、元気かな……。

カウンターで枝豆をつまみながら、俺は怪訝《けげん》な顔で問いかける。

「で、掲示板で男を探して出会ったんだな」

「そうだ。会ってみたら僕ほどではないけれどイケメンでいい男だったので、早速誘おうと思ってね。べきりとズボンの上から優しく撫《な》でたんだ」

「撫でるときに出る擬音じゃねえぞ!?」

「そうしたら不思議なことに顔を顰《しか》めて座り込んでしまって。慌てて肩をぐちゃりと摑《つか》んだんだけれど」

「完全に破壊してるじゃねえか。というかそんなに力あるなら今持ってるコップ割れるだろ！」

「普段は制御できるんだ、だけど男には慣れていなくてね、つい力が入ってしまうんだ。僕も女だった、ってことかな」

「自己陶酔してるとこ悪いが単なる制御不良だろ……」

二三世紀の身体改造は凄《すさ》まじい。金さえあれば一夜で素人の少年を戦士に変貌《へんぼう》させることができる。例えば目の前の筋肉女のように。彼女は恐らく全身の筋肉を人工の培養《ばいよう》強化筋肉に置き換えたのだと思われるが、代償として制御が利《き》いていない。扱いきれない過度な身体改造は、当然ながら使用者に害をもたらす。この場合は彼氏のチ〇ポにだけれど。

彼氏のチ〇ポに哀悼《あいとう》の意を示しながら、俺は追加注文の合成酒を注ぐ。色々試して失敗し続けたのだろう、半ばヤケ酒の如《ごと》くゼシアはコップの中身を飲み干した。

「この前は頬にキスしようとして顔の筋肉ごと吸い込んでしまってね」

「最悪なカー〇ィだな。それで、どうしてそんなアホな身体改造をしてしまったんだ？」

俺がそう問いかけると、ゼシアは少し沈黙してから合成酒を再び呷《あお》る。口元を筋肉で軽くぬぐってから、彼女は思いを吐き出した。

「昔、とても尊敬できる隊長がいたんだ。機密だから仕事内容はあまり詳しく言えないんだけれど、僕の所属する部隊のリーダーで、誰もが憧れていた。有無を言わさない圧倒的な実力。寡黙《かもく》だが気遣いを欠かさないリーダーシップ。この僕ですら、尊さで一歩劣ると認めざるを得ない。彼女の下にひざまずくのであれば頷《うなず》ける」

「へぇ、そんな奴がいたのか」

「ああ、金髪に美しい肢体《したい》、豊満な胸」

「なんか見覚えがある気がしてきたな……」

いや、まさかと俺は首を振る。そんなわけはない。変態四《よ》つん這《ば》いトイレ独占女が、ゼシアの指すような人物なわけがないのだ。俺の思いを他所《よそ》にゼシアは遠いどこかを見つめる。

「僕は隊長を上司としても人間としても好いていた。だから隣に立てるよう、身体改造を繰り返し必死に努力していた。目指す姿は、あの凜々《りり》しい姿だった」

「それは分かる気がするな。目標があると努力しやすいよな」

まあ、この二三世紀の過剰な競争社会で、最上位を走る誰かに並ぼうとすれば無理をせざるを得ないのは事実だ。二一世紀よりネットが発達し、村一番が尊ばれず国一番すら井の中の蛙《かわず》。

さらに様々な薬剤で無理をして自身を高めることが一般的になった社会は、半ばチキンレースの様相を呈《てい》している。アヤメちゃんはあれでも本当に優秀で、消耗せずに高い成果を出せている、エリート反社だ。

一方、普通より少し優秀程度な人間は、地獄を見なければならない。

「苦しみながらずっと努力を続けた。けれど、僕が並ぶより早く隊長は失踪《しっそう》した。数年前、突然。目標が無くなり、仮に昔目指した目標に到達しても似たようなことになるんじゃないか、という感覚が僕を襲った。努力が途端にただの惰性《だせい》で続けている無価値なものに思えてきた」

「何であれ喪失はつらいよな、分かるよ」

「そして僕は心の穴を埋めるメタルチ〇ポを求めてさまよっていたというわけだ」

「新たな目標を見つける方向じゃないのかよ」

前言撤回、こいつと俺は全く違う。俺は間違っても他人のチ〇ポを辻斬《つじぎ》りならぬ辻折りしていたわけではないし、なんでそこで他人のチ〇ポを強化する発想にたどり着くんだよ。というかメタルチ〇ポってなんだ。人間のチ〇ポは非金属だぞ。強《し》いて言えばランバーのロケランチ〇ポは金属製だけど、あれをチ〇ポにカウントして良いとは思えないのだが。

「というわけでマスター、この美しき僕と付き合わないか」

「今の話を聞いて付き合うわけねえだろ！　嫌だよ俺のチ〇ポがポキッと折れるの！」

「噂《うわさ》に聞いたよ、マスターのメタルチ〇ポは超硬質、銃弾でもかすり傷一つすらつかないと！　尊き僕に釣りあう凄まじさだ！」

「そりゃ戦闘中は当たると痛いから硬質化してたけどさ！　あと強いて言うならカーボンチ〇ポだ！」

恋愛初心者にしてもあまりにも酷《ひど》いし、二三世紀の恋愛であることを加味してもこれは駄目だろ。というかナルシスト発言が地味にうざい。会話にちょくちょく混ぜてくるんじゃねえ。俺は四歩後ずさり、ゼシアは舌なめずりをしながら近づく。

どうして俺に近付いてくる女はこんな奴ばかりなんだ。もっとまともな彼女が欲しいよ。間違ってもチ〇ポデストロイヤーとか監禁趣味ドSヤクザ女とかじゃなくてさ、シンプルに可愛《かわい》い人。俺の周りの奴ら、属性盛りすぎで胃もたれするんだよ。

そして何より。

「興味を持ってくれて嬉しいが、ストーカーはちょっとな。お前とあと三人か、最近この周辺を遠巻きに監視している奴らは」

「……相当頑張ったんだけれどね」

空気が変わる。柔らかな彼女の腹筋が硬く引き締まり、合成酒のグラスを持つ腕の筋肉が僅かに震える。お前んところこんな奴ばっかりかよ、と俺はため息をついた。やはり予想通りの所属であったらしい。となるとこの接触は、ナンパ六〇%、敵情視察四〇%といったところなのだろう。すなわち、輸送船爆破事件の。

「今回の件に俺は関与していない。トーキョー・バイオケミカル社はとっとと兵を引きな」

俺は冷たく言い捨てる。この手のトラブルに巻き込まれると大体面倒なことになる。まあ俺につっかかってくるだけならいい。昔みたいにバスケットボールのように一人ずつ本社に頭から叩《たた》き込《こ》んでいくだけだし。だが、周囲に迷惑がかかるのは本当に勘弁願いたい。

二一世紀の人間としては、やはり人死にだけは見たくないのである。

先ほどまでとは打って変わってゼシアの対応も冷たい。やはり彼女も上級の兵士、恐らくアルファアサルトの一員なのだろう。仕事モードに切り替わった彼女の目は冷たく、酔いの一欠片《ひとかけら》も見えない。

「生憎《あいにく》、決めるのは上層部で、しかもそっちは何やらごたごたしている。何やら別部隊も動かしているようだね。僕たちがいくら『龍』の脅威を訴えても、不思議なくらいに通じない。まあ疑わしいのは事実だし、仕方がないけれど」

「俺は身に覚えはないぞ」

全くもって変な話だ、と俺は憤慨《ふんがい》する。今回の爆破事件のどこに俺が関与していたというのか。ゲームしてたぞその時間帯。しかもゼシアの口ぶりだと、もっと事態はややこしいことになっているようであった。トーキョー・バイオケミカル社は昔俺が唐揚げ（隠語）にした、日本を二分する大企業。軍隊を保有し自らで法を執行する彼らが、まるで統制が取れていない。

いずれにせよ俺にはアリバイがあるし、痛くもない腹を探らないで欲しいものである。が、ゼシアの見解は違うようであった。

「いいや、過去は思わぬところから襲ってくる。『不死計画』の一件で、君は相当暴れたはずだ。いいかい、君にとっては路傍《ろぼう》の石を蹴った程度のことでも、中には人生を断絶された者だっているんだ。もちろん真逆も。過去はいつでも突然襲ってくる。だから我々が君を警戒するのも、当然と思って欲しい」

「今回の件には『不死計画』が関与しているのか⁉」

「そこも含めて、答えられない。未確定も多いしね」

彼女は口角を上げて笑う。その顔は、どこか不吉で。『不死計画』という懐かしい名前に、俺は苦虫を噛《か》み潰《つぶ》したような表情になるのであった。

生涯思い出したくない名前の一つであった。

「というわけで帰るよ。彼氏になってくれなくて残念」

「あ、彼氏の件は本気だったんだ……」

一〇分後、残った料理を食べつくしてからゼシアは席を立つ。変な女であったが二三世紀の身体改造の被害者ともいえる存在だ。せいぜい幸せになって欲しいものである。ゼシアは店を出るときに、最後にこちらを少し振り向き、寂しげに呟《つぶや》いた。

「最後に聞かせてくれ、君のチ〇ポのＭＡＸ硬さは？」

「モース硬度一〇」

「ダイヤモンドチ〇ポ⁉」

第八話　たまにはまったり

「おじ様、何をなさっているのですか?」

「昼寝」

「そんな呑気《のんき》な……」

二三世紀といっても植物と太陽の関係は変わりはしない。汚染に耐え、むしろ逞《たくま》しくなった植物たちは空いた空間を見つけては馬鹿みたいに繁殖《はんしょく》し、草原を作り出す。この暗黒街の片隅でもそういった場所はあり、俺はよく昼寝用の空間として活用していた。

ゼシアが来た翌日。買い出しも素早く終わり暇になってしまった俺はゲームをする気にもなれず。折角なので昼寝でもするか、と空き地に寝転んで数分。そこに現れたのがアヤメちゃんと全裸四《よ》つん這《ば》い変態女だった。

この体になってから極論を言えば一睡もしなくてもいいのだが、やはり昼間に寝るのは気持ちが良い。それになんというか、サラリーマンの頃の自分にリベンジしている感じもあるのだ。

一方アヤメちゃんはまたしても昼間に登校している。その目の下には大きなクマがあった。化粧で隠しているが、人間顕微鏡（自称）である俺には一発だ。

「アヤメちゃんは徹夜か？」

「おじ様のせいではないですよ。今度の週末限定人身売買セール施策を決めたり、臓器売買の納期短縮に取り組む必要がありまして」

「最悪なワードしか流れてこねえな……」

暗黒街特有の最悪ワードに眩暈《めまい》を覚えつつ、しかしこれでもマシなあたり二三世紀は終わっている。特に企業は自身の管理下で人体実験・廃棄を繰り返しており、数えきれないほどの悪行を重ねている。

しかし二三世紀の、魂という観念が薄れ命を尊重しなくなった時代では、それらは平然と受け入れられている。自身の生存権を自身で確保できなかったのが悪い。そんな無責任な自己責任論とともに今日も赤子から老人まで体を切り開き薬物に汚染されていく。……二一世紀の自己責任論って生温《なまぬる》かったんだなぁ。

一方で、これは管理する側、消費する側もそれだけの価値を生み出さなければいけないことを意味する。そのためアヤメちゃんも、この年齢でありながら過大な職務を背負い、苦しめられている被害者といえた。

「……いや、被害者といえばこの世界の人間全員なのだろうけど」

「？」

アヤメちゃんはキョトンとしている。ついでに背後の四つん這い変態女も。まあ彼女らとしては生まれたときからこの世界だったから当然なのだろう。それに制眠機なども使えるし、案外楽なのかもしれない。だがそれでも俺にとっては少し可哀想《かわいそう》に見えた。

アヤメちゃん自身は脊髄《せきずい》置換機構を通して各ストレスなどをカットしているから気づいていないのだろうが、俺の目には疲労が見える。しかもこれから電磁浮遊式輸送船の問題も対処する必要があるわけだ。うーん、そうなると流石《さすが》に可哀想だ。

仕方がない、少し親切してやるか。

「ほい、寝てけよ。別に授業一時間抜けても問題ねえだろ」

少し格好つけてみるが、それを親切に思ったのは俺だけだったらしい。アヤメちゃんは少し困った表情をする。あれ、授業って別に休んでも良いものじゃねえのか。少なくともヤクザの娘が出席で困るというのはよく分からないのだけれど。そう思っていたのだが、意外にも俺の適当な予想は当たっていたのであった。

「ふふ、お気遣いありがとうございます。でも評定に関わりますから」

「ヤクザの次期当主が評定か」

奇妙なものである。ヤクザといえば悪さを誇るイメージが強かったからな。少なくとも真面目に授業を受けて、成績五をとっても称賛されないのがヤクザなのではなかろうか。

だがそれは二一世紀の話で、二三世紀の事情は大きく異なるようであった。

「ああいうデータは裏で取引されて、相手を値踏みするのに役に立つんです。だからヤクザだろうと行かないといけないのですよ。昔ならともかく、制眠機や各種薬剤・手術があるのに学校にすら通えないというのは、能力の偏りや劣等を示しますから。幸い今日の取引は高校の経営元でもあるトーキョー・バイオケミカル社も関与していますので、一、二時間目の講義は休めましたが、それ以上は無理です……あ」

そこまで言って気づいたらしい。そう、評定はトーキョー・バイオケミカル社が決める。であれば。

「輸送船爆破の件で、俺に聞き込みをしていけばどうだ？　一時間くらい」

俺は自身の隣の芝生をぽんぽんと叩《たた》く。アヤメちゃんはクスッと笑って、そのまま俺の隣に腰をおろした。

「珍しく私に優しいですね」

「若いやつが無理して体を壊すの、見たくはないからな」

「ありがとうワン、肛門《こうもん》日光浴だワン！」

「お前は警備してろ！」

アヤメちゃんは体を芝生に預ける。細い腕を隣で横になる俺に絡ませて来ようとするので合気道みたいな感じでスルスル避けていると、少しずつ眠気が来たらしい。珍しく俺へのちょっかいが止まる。

そしてすー、すーと小さい寝息が聞こえ始めた。やはり本人が自覚していなかっただけで相当疲れていたらしい。

寝顔は本当に可愛《かわい》いんだけどな、と思いながら俺の肩元に置かれた手を引きはがそうとして、思いとどまる。

しばらくして俺の頭にも眠気が襲い掛かってくる。たまにはこういう日も良いだろう。穏やかな日差しに包まれて、ゆったりとした時間を過ごすのであった。

第九話　世襲議員の強襲

「いらっしゃいませー」

この暗黒街では数多《あまた》の陰謀《いんぼう》が繰り広げられている。オーサカ・テクノウェポン社とトーキョー・バイオケミカル社の支配域の中間にあり、倫理が通用しない特殊な街。

その中で荒事屋たちの仕事は多岐《たき》にわたる。誘拐《ゆうかい》から物資の輸送、ハッキングの補佐に爆破。この街で事件が起きていない日など存在しない。

アヤメちゃんと昼寝をしたその日の夜。俺の店に訪れたのは初めて見る、でっぷりと太った男だった。

この店は僻地《へきち》にあるため、他の客の紹介以外で来る客は稀《まれ》だ。ましてや暗黒街に相応《ふさわ》しくない、緩み切ったその体は上流階級のものだ。

男は見るからに上等なコートを着ており、その右目は身体改造により機械化されている。

太った男は店内を一瞥《いちべつ》し、馬鹿にしたような表情を見せた。

「ふん、こんな寂《さび》れた店とはな。がっかりじゃ」

がん、という音とともに古びた椅子が蹴飛ばされる。俺はそれを見て顔を顰《しか》めた。たまにいるのだ、こういう勘違いしたモンスター客が。太った男は勢いよくどすん、と適当な椅子に勝手に腰を下ろす。

「おい、早く酒を出せ。儂《わし》のことは知っておろう、そう、議員のシゲヒラじゃ。つまらんものを出したら儂の財力で潰してやるからな。お客様は神様というが儂はその上じゃ、ハハハ」

その言葉でようやくこの男の素性を理解する。世襲議員。とはいってもこれは二一世紀の存在とは意味合いが異なる。簡単に言えば二日前行われた日本経済会議などで議決権を持つ人間のことだ。

その性質上、彼らは企業からの献金を受け私腹を肥やしまくっている。企業たちは落ち目の日本国政府に深く関わる気もないため、多少の献金だけで自分たちの都合の良い方向に投票してくれる世襲議員を実に便利な存在と捉えていた。

しかも企業の支援を受けているため当選率も非常に高い。政党に入る必要すらなく、無所属という名目の議員が数多存在している。さらに言えば、彼らはその財と役目を自身の息子に引き継ぎ、代々甘い汁を吸い続けている。

そんな歪《いびつ》な形で彼ら世襲議員は代々企業の代理人として国政を荒らしに荒らすのである。二日前、政府の要求は撥《は》ねのけられる見込みだと言われていたのはこういうことだ。投票権を持つ議員がかなりの割合で買収されているのだから、一政党が頑張ったところで結末など知れている。

……うーん、二一世紀の世襲議員も賛否はあったがこんなレベルじゃなかったぞ。親バフ凄《すご》いとか勝手に思ってたけれど裏では期待に応えるべく頑張ってたんだろうな、二一世紀の世襲議員は。一方、二三世紀の世襲議員は横柄《おうへい》に腕を組みながら俺を睨《にら》みつける。

「提供速度が遅いぞ。これだから最近の若造は……」

俺は少し悩み、結論を出す。居酒屋『郷《ごう》』は俺がまったり楽しむための店だ。世襲議員さんの横暴を許すための場所ではない。とっととお帰り願おう。

俺は備蓄しておいた酒のうちの一つを開け、自作の徳利《とっくり》に注ぐ。そしてそれをバーナーの火で加熱していく。いわゆる熱燗《あつかん》だ。日本酒を温めて飲むものであり、あんまり飲む機会は無かったけれど美味《おい》しかったと記憶している。

「提供速度も遅い、店員の態度も悪い。儂が来たのだから女の一人でも出して接待すべきだろうに。これだから暗黒街の屑《くず》は」

「お待たせしました、熱燗です」

俺は嫌味をスルーし、素手で持った徳利をシゲヒラ議員の前に置く。シゲヒラ議員はわざとらしくため息をつき、徳利を手に取った。そして叫ぶ。

「あっつ！！！」

まあバーナーであぶったんだからそうだよね。シゲヒラ議員は飛び上がり、手に持っていた徳利を落とす。湯気を立てた酒が机に零《こぼ》れて広がり、高そうなコートにもシミを作る。ざまあみやがれ。俺はわざとらしく姿勢を正し、頭を下げた。

「お客様、お酒を零すのはマナー違反ですのでやめていただけますでしょうか」

「お前のせいだろ！　なんだこの酒は、熱すぎるじゃろう！」

「私は素手で持てましたが……」

「持てるか！　熱探知……九七度、この店は客を火傷《やけど》させる気か！」

「すみません、お客様がこんなに脆弱《ぜいじゃく》だとは思わなかったもので……」

「脆弱⁉」

頭に血が上っているらしいが、それでも席を立つ様子は無い。……あんまりやると後が酷《ひど》いことになるんだよなこれ。しかも被害を受けるのは主にシゲヒラ議員自身ではなくその部下だし。

とはいってもここでやめるのも筋が通らない。こういうクソ客が居着いてしまうとまともな客が離れていってしまう。大きな店ならともかく、こんなちっぽけな店ならその効果はなおさらだ。仕方がない、第二弾を実行する。

「本日のメニューはこちらとなります」

「なんだこの貧相なメニュー表は……おい、この合成酒一杯三〇〇万クレジットとはどういうことだ！　他店では一〇〇クレジットもしないだろう！」

「最近値上がりが激しく、お客様にはご迷惑をおかけしております」

「限度があるぞ！　それに手書きで書かれた〇《ゼロ》の羅列《られつ》は何だ！　さっき書いたばかりだろう！」

「つい数秒前に原料の値上がりがありまして」

「適当言うな！」

「二三世紀です、そんなことも時たま起こります」

「二三世紀は理由にならないだろう！」

シゲヒラ議員は顔を赤く染め。メニュー表を机に叩《たた》きつける。よしよし怒ってくれた。これであとは自ら退店してもらうだけだ。

そもそもこの店は寂れているから別に悪評が広がったところで今更だ。それよりストレスの元がとっとと出て行ってくれるのが一番。

シゲヒラ議員は立ち上がり、荒い息遣いで俺を睨みつける。

「わた……儂は世襲議員だ！　この意味が分かるか！」

「さあ？」

「金がある！　貴様に殺し屋を一〇〇人向かわせても良いのだぞ！　いくら『不死計画』の完成体とはいっても、限度があるはずだ！」

自分の表情がスッと消えたのが分かった。『不死計画』。俺の体の製造元であり、かつて俺が潰したものの一つ。俺のチート能力の源でもある、懐かしい単語だ。

昔、異例ではあるが複数の企業が手を取り合い、とあるプロジェクトを発足した。それは不死という絵空事を実現させるための計画。そのために無数の人間が実験体となり、万単位の人間が「消費」された。

そして俺が転生した先こそが『不死計画』の完成体と呼ばれるものであったのだ。

俺はカウンターの向こうから手を伸ばし、シゲヒラ議員の胸倉を摑《つか》む。

「誰からその単語を聞いた？」

このワードを知っている者はそこそこいる。例えばアヤメちゃんの親父とかは昔抗争をした関係で情報が伝わっている。だが企業の操り人形風情が得ていい情報ではない。

俺が強く目を睨みつけると何度もシゲヒラ議員の目が揺れ動き、しばらくして答えを出した。

「せ、先日の電磁浮遊式輸送船爆破事件にて、『不死計画』の参画者が実行犯だと私は聞いた。儂はあの日、現場に居合わせたからな。事情を聞く権利があったというわけじゃ」

「……そう繫《つな》がってくるか」

「輸送中の『不死計画』参画者、研究者にして過度なサイボーグ化が特徴の男、アルタード。それが輸送船爆破事件の犯人であり、現在研究データを持って逃走している男の名だ。

男は自身を解体し、姿を変えて逃走している」

「それで研究データ狙いの各組織から追手がかかっていると」

爆破事件と俺の周りを探るアルファアサルト。正直どうして彼らが俺に対して今更監視を付けてくるのか意味が分かっていなかった。だが、ようやく全てが繋がってくる。つまりは俺のチート能力と、『二本目』のせいだ。

この辺りは完全に経験則だ。限られた情報から、今発生している事件の全容を推察する能力。この陰謀だらけの暗黒街で必須のそれは、俺に対して強く警鐘を鳴らしていた。

「その通りじゃ。そしてお前の周辺から、実行犯の反応が時たま探知されていた。故にお前やその周辺人物が犯人の可能性が高い、というわけじゃ。はぐれものが頼る先としては、お前は最適」

「実行犯の反応は複数あるだろう?」

「おや、何か知っているのか？　まあ良いじゃろう、その通りだ。しかし問題は、多くが不規則な動きをするなか一人だけが『不死計画』完成体の周辺にいることじゃ。襲撃して、もし間違いだったとしても所詮暗黒街の住人、ゴミ箱に死体を放り込めば良い」

何が楽しいのか、くくくとシゲヒラ議員が笑う。何とも不気味だった。先ほどまでは単なる私腹を肥やす頭の悪い世襲議員に見えていた。だが今はどうだ。俺に胸倉を摑まれてなお笑みを絶やさない余裕と貫禄《かんろく》がある。

この店に来た理由も謎だ。単に罪を擦《なす》りつけるためならわざわざ店に来る必要もない。恐らくもっと別の、私情の入り混じったなんらかの意図がある。

だが今はこの男の真意を確認している暇はない。大事な友人であり客である男が、俺のせいで冤罪をかけられている。

「マーカーの出現時刻は？」

「四日前の夕方にこの店、三日前の昼に市場」

「やっぱりか」

その言葉を聞いて俺は全てを理解する。けたけたと笑うシゲヒラ議員を片手で掴み、店外に投げ飛ばす。受け身を取れずべたんと地面に衝突する彼に見向きもせず、俺はランバーに連絡した。通話をかけるとすぐにランバーと繋がる。車の排気音らしい音とともに、音質の悪い声が聞こえてきた。

「ランバー、今どこだ？」

『暗黒街南西の裏道だ。マスターも知ってるだろ、よくオレが使う経路だ。それより一体どうした。遊びの誘いならもう少し後にしてくれ。今仕事帰りなんだ』

「気を付けろ、機密情報を持っていると勘違いされて狙われているぞ！」

『おいおい、仕事柄恨《うら》まれるのには慣れているがどういうことだ？』

全ての辻褄《つじつま》が合ってくる。市場で売られていた奇妙なサイボーグの部品。消された刻印。

ランバーの手に入れた物。『男は自身を解体し、姿を変えて逃走している』という言葉の真意。

俺は基本客の仕事には関わらない。俺には関係の無いことだし、俺がでしゃばることで悪化することもある。だが今回は完全に俺に関わることであり、これぱっかりは手出しせざるを得なかった。すなわち、マーカーの付いたアルタード研究員の部品は、今ランバーの元にある。

「ランバー！　お前のチ○ポはマーキングチ○ポだ！」

『は？　何を言っていsgvebntr……《お使いの回線は現在接続できません。時間を置いて再度かけ直してください》』

「ちっ、もう来たか……！」

まったく、平穏に居酒屋のマスターとしてゆったり過ごしたいのにそうは問屋が卸さないということらしい。

時間がない。俺は店に鍵をかけ、暗黒街を走り出す。ランバーのことだ、大丈夫だろうが万に一つということもある。間に合ってくれよ……！

第十話　納豆アタック！

荒事を得意とする何でも屋、ランバーはその日の仕事を終えて帰路に就いていた。

今日の仕事は窃盗《せっとう》グループからの盗品奪還。報酬額こそ低いもののマフィアや企業を敵に回さないため安全に稼げる仕事だ。依頼の品を所定の方法で発送し終えたのち、乗り合いバスに乗車する。

この乗り合いバスは暗黒街を走っており、比較的低価格で素早く移動が可能だ。難点としては乗り合いバスは裏道しか通らないという問題がある。というのも一部の表通りを走ろうとすれば牙統《がとう》組や各企業から通行料を請求される場合があるからだ。仮に払わなかった場合、何らかの罪をでっちあげられて処分される羽目になる。

乗り合いバスに乗車していたのはランバーともう一人、若い少女だった。髪はぼさぼさで身なりも悪い。暗黒街の片隅で密輸や窃盗を繰り返して生きているのだろう。ランバーもかつてはそういった人間だったし、今でも本質はそう変わってはいないはずだ。

『ご乗車ありがとうございます。次は南西区、テックストリートです』

ゴミがあちらこちらに散らかり、路上生活者が仮想世界に魂を売り渡し裸のまま宙を見つめている。暗黒街の闇の縮図ともいえる道をバスは排気音を鳴り響かせながら進んでいた。

ランバーの顔は仕事終わりであるにもかかわらず、憂鬱《ゆううつ》そうであった。悩みが消えず、頭の中を思考が駆け巡る。

(しかし、最近の監視するような視線は何だ？　尾行されているが、正体が摑《つか》めない)

ランバーの悩みとは、すなわち監視の目であった。ロケットランチャーを手術で取り付けてもらった辺りから、何かが自身の跡を追いかけていることに気づいていた。

マスターの店周辺では監視の視線が消えたため、彼と敵対もしくは相互不干渉を貫く組織である可能性は高い。故に、相談してみたのだがやんわりと断られてしまい、今に至る。

どうしたものか、とため息をつく。このままでは仕事をすることもままならない。かといって解決策があるわけでもないし、と思っていると目の前の少女がむぅ、と唸《うな》り、少し入り混じった関西弁でランバーに文句を言う。

「おっちゃん、臭いで。鼻がひん曲がるから早く出て行ってや」

身なりの悪い少女を見ると一点、通常と異なる部分がある。その少女の特徴的な部位は耳であった。通常の人間には生えない丸い形状の耳。

「ネズミ系の遺伝子強化人間か。すまねえ嬢ちゃん。マスターからもらった手作り納豆とかいうやつ、臭すぎて密閉容器に入れても匂いが漏れているみたいなんだ」

「嬢ちゃんって年やないで、もう一四や。あとそれはもはや兵器やろ」

「それを言うならオレもおっちゃんって年じゃねえ、まだ二八だ」

「おっちゃんやないか」

「………………」

「本気で落ち込むのやめてや、悪臭のおっちゃん！」

「悪臭って言うなよ！」

追撃を食らってランバーは崩れ落ちる。一応この匂いは遺伝子改造型なら受け入れやすい……とはマスターの弁だったがあくまで受け入れやすいだけ。初見でこの匂いを嫌がるのは当然とも言えた。

もし運転手がいれば悪臭に悪態の一つでもついたのだろうが、幸いにもこのバスは自動運転だった。そのせいでランバーに指摘する者もいなかったのだが。

崩れ落ちるランバーを「すまんかったって、おっちゃん！」と少女があやすこと数分。ようやくランバーは立ち直り、きりっとした表情で席に座る。漂う悪臭は変わらずだったが、少女は多少慣れたらしい。嫌な顔をしなくなり、むしろ匂いの発生源に興味津々になっていた。

「それ食料なんやね。今時天然物なんて企業所属のお金持ちしか持ってないと思ってたけど、おっちゃん実は?」

「お前と同じ戸籍も持たないごろつきさ、残念ながらな。そういうお前は盗みの帰りか?」

「まあそんなもんやね。とはいってもうちの専門は追跡や。情報渡してはい終わり、ただ給料が安いのは困るけど」

「そりゃ実行部隊と比べるとリスクが低いからな。それでも食べてはいけるんだろう?」

「その日暮らしやけどな。全く、遺伝子導入をもっと戦闘系のやつにしとけばよかったわ」

「今からでも遅くないだろ?」

「おっちゃん、そんなことしたらうちは人間の形保てなくなるで。他の動物を利用した遺伝子強化は一種までや。追加する余裕はないで」

「ちっ、ばれたか」

くくく、と笑う二人を乗せてバスは進行する。こういった乗り合いバスでは珍しいことではない。仕事が終わり緊張が解けたせいで気が緩んでしまうのだ。まあそういう思わぬ会話も楽しい、とランバーは思っている。思わぬ縁ができるのもこういうときだ。確かマスターと初めて出会ったのもこのバスである。

ゆったり談笑しているとPP、と電子音が鳴り響く。ランバーは脊髄《せきずい》置換機構を通して通話に出る。かけてきたのは珍しいことにあのマスターだった。小さな居酒屋の店主であり、一見頼りないが勘は彼が化け物だと訴えかけてくる、この街で最も訳の分からない存在。

そして通話に出ると、内容もまた訳が分からなかった。

『ランバー、今どこだ？』

「暗黒街南西の裏道だ。マスターも知ってるだろ、よくオレが使う経路だ。それより一体どうした。遊びの誘いならもう少し後にしてくれ。今仕事帰りなんだ」

『気を付けろ、機密情報を持っていると勘違いされて狙われているぞ！』

……本当に何を言っているのか分からない。マスター、ついに天然物の食べすぎで頭までおかしくなったか、と思うがすぐにその意味に気が付く。数日前に接続してもらったチ○ポ。確かあれには
『ランバー！　お前のチ○ポはマーキングチ○ポだ！』

「は？　何を言ってい……いや刺青《いれずみ》……共振回路か！」

ランバーを監視していたのは極めてレトロな仕組みである。やっていることは簡単、電波をとらえて信号を増幅する機構。テレビやラジオなどでもよく使われるものである。だがそれを、追跡機として用いたとしたら？

電波を発生させれば、電波をとらえた装置から増幅された電波が返ってくる。そうすれ

ば大まかな位置が分かる。そしてこれの最も重要な点は、極めて構成が簡易だということだ。それこそ二二四〇年の技術であれば薄皮一枚に挿入することが可能なほどに。

通話が不自然に途切れる。電波妨害だと気づくと同時に、ランバーの視界の端に飛翔物《ひしょうぶつ》が見えた。

次の瞬間、バスの横っ腹が大爆発する。割れるガラスの中を転がって外に退避し、ランバーは襲撃者の姿を見た。

「どこの私兵だお前ら……？」

路地裏に三人の男女の姿が現れる。全員がかなりの割合で肌を晒《さら》しており、手や腰、足などの局所的な部分のみを分厚いアーマーで覆っていた。彼らの手にはアサルトライフルがあり、その銃弾は一度戦闘となればランバーが着ている防弾チョッキをいともたやすく貫通するだろう。

紛《まぎ》れもなくこの街の支配者である企業の私兵だ。

「降参だ」

ランバーは即座に両手を上げる。この暗黒街で生き残るコツの一つは、長い物には巻かれよ、である。無理をする意味はない。隊長格らしい男は静かに頷《うなず》く。

「お前の依頼主である、爆破事件実行犯、アルタード研究員について聞かせてもらう。ついてこい」

ランバーはその一言で概《おおむ》ねの事件の実態に予想をつける。

（つまりアルタード研究員とやらは爆破事件を起こし、逃げ出した！　その際に発信器付きの自分の肉体を解体・換装した。そしてそれらの訳あり装備が安売りされた、というわけか……。メジトーナが販売していたのもその一部。そしてオレはまんまとそれを掴まされ、捜査のかく乱に使われてしまった間抜け、なるほどな）

ランバーは諦めて両手を上げ続ける。現在のこちらの装備はアサルトライフルに拳銃、近接戦闘用のナイフにロケットランチャー二本。やりあえないことはないが、失敗すれば死は免れない。

それに、ランバー自身にも策はある。とはいっても単なる賄賂《わいろ》であるが、しっかり額さえ払えば取り調べ後の処分を銃殺から記憶消去に変更することくらいは容易《たやす》い。こっそり交渉屋に向けてのメッセージを作成していると、彼ら私兵の視線が少女に向く。

「がっ……」

少女は爆発に巻き込まれ、足を怪我《けが》していた。バスの破片が突き刺さった部位から流れる血は止まらず、すぐに動き出せるような状態ではない。

「こちらはどうしますか。事件には無関係と思われますが」

少女を見て私兵は淡々と命令を下した。

「消せ。路上生活者一人、記憶消去の手間も惜しい」

そして当然のように、殺人の選択肢がとられる。その方がコストパフォーマンスは高い。経費削減を行う企業社員としては当たり前の行動。

まあ仕方がない。暗黒街とはそういうものだ。昨日まで笑顔だった人間が翌日路地裏で臓器をはぎ取られた死体として見つかる。過度な発展、法を逸脱した行為を容認した代償だ。

少女自身も無垢《むく》な一般市民というわけではなく、様々な犯罪行為に手を染めている。金もなく力もない人間の末路などこんなものだ。

動けない少女に私兵のアサルトライフルが突きつけられる。少女は銃口を見た後、恐怖ではなく諦めの表情を浮かべた。昔からこうなる事態は予想していたのだろう。

「……まあ、ドブネズミの末路なんてこんなものやんな」

「処分する」

この暗黒街ではよくある、人間の処分が行われる。ランバーが抗《あらが》う意味もない。所詮は会ったばかりの相手、そんな命を助けて何になるのか。そもそも大事にするべきなのはまずは自分の命だ。

目を瞑《つむ》り、その光景を受け入れようとする。昔であれば耳にこびり付く悲鳴も、夢の中で出てくる亡霊も酒と電子ドラッグで押し流せた。

『二三世紀の奴らは命を軽く見すぎなんだよ。いいか、子供は宝、殺人はＮＧ』

が、諦めるより早く頭の中で思い出されたのは、マスターのこの前の言葉だった。居酒屋近くの路地でぼやいていた、暗黒街の人間としては失格だが一人の大人としては極めて正しい、ランバーや暗黒街の住人たちが遥《はる》か彼方《かなた》に捨てた矜持《きようじ》。

「おらぁぁぁぁぁぁ！」

「「!?」」

考えるより先にランバーの体は動いていた。左脚の圧縮ガス式脚力増強機構が稼働し、炸裂《さくれつ》音と共にランバーの巨体が宙を翔ける。今にも引き金を引こうとする私兵の右手を横から蹴飛ばすとともに、少女の体を無理やり摑む。

「え、な」

「逃げるぞネズミっ娘！」

「追えっ！」

身体改造で得た身体能力により少女を抱えているにもかかわらず、ランバーの体は通常の人間ではありえない加速を維持し続ける。

「なんで助けたんや！」

「時代遅れ理想論野郎の馬鹿が移ったんだよ！　それにガキが格好つけて諦めてんじゃね

えぞ！」

少女と罵《ののし》りあいながら路地裏を走り回る。背後から三人の企業の私兵が追尾してくるが、ランバーたちに追いつくことはできていない。単純なスピードであれば過度な身体改造を施した企業の私兵が有利だ。しかし、暗黒街の路地裏を知り尽くしているランバーにとって、その速度差を埋めるのはそこまで難しい話ではない。

背後に向かってランバーが拳銃を抜き、適当に乱射する。企業の私兵たちは銃弾に怯《ひる》むことはない。むしろ銃弾に向かって躊躇《ためら》いなく突っ込んでくる。そして銃弾は一発たりとも当たらない。

（おいおい、肌むき出しなら防弾性能はないはずだろう⁉　ってことはあれか、皮膚器官の感覚増強か！　肌で熱や風圧を感じて、回避性能の方を高めているわけだ。アルファアサルトが似たような装備をしていたな）

この一瞬で敵の能力を判別できるのは、ランバーの今までの戦闘経験あってのものだ。

ランバーは追手の銃撃を避けるべく、こまめに角を曲がり射線を切り続ける。

「テックストリートまで出れば『牙統組』の支配域、恐らくあいつらも一旦手を引くはずだ！　おいネズミっ娘、これを言う通りにしろ」

「くっさ！」

だが身体改造の性能差が徐々に出始める。段々と距離が近づき、ランバーの体に銃弾が掠《かす》るようになってきた。

「いい加減捕まれ、暗黒街の底辺！」

隊長格らしき男が速度を上げ、遂《つい》にランバーに追いつこうとする。この曲がり角の先は直線、ランバーが銃撃を避けられる横道がないことはマップ情報により確認済みだ。

さんざん時間を取らされたせいで苛《いら》ついた企業の私兵は、嫌な笑顔で銃を構えて曲がり角から顔を出す。瞬間、自身の皮膚上の無数のセンサーからエラーが発生した。私兵が自分の体を見ると、糸を引いた豆が肌に張り付いているのが見える。

「くらえや悪臭！」

「あ、があああああああああああ！！！」

曲がり角で、ランバーと少女は逃げずに待っていた。知覚不能のタイミングで、少女は練り混ぜた納豆を男の素肌に叩《たた》き込《こ》んだのだ。瞬間、感覚増強を行った皮膚器官から無数のエラーが発生し、吐き気で男は崩れ落ちた。

感覚増強をしているということは、ありとあらゆる感度が大幅に向上しているということだ。その状態でマスターの作製した激臭納豆が肌に直撃したことにより、感覚器官が一斉に悲鳴を上げた、という理屈である。

本来であれば即座に皮膚器官をシャットアウトすることもできただろう。しかしかなりの時間にわたって追いかけっこをさせられた私兵の思考は怒りに染まっており、咄嗟《とっさ》の判断ができなくなっていた。

「これが暗黒街流、相手を怒らせてから嫌がらせ！　変な身体改造してる奴には結構効くんだよな！　あとマスターすまん！　飯を粗末にした！」

「あれ本当に食べ物やったんや⁉」

ランバーは追手を一人ダウンさせたことに満足せず、すぐにその場を駆け出す。銃弾が掠った箇所から血が流れ落ち、少しずつ自身の死が近づいてきていることをランバーは自覚していたのだ。それに加え残り二人もかなり厄介《やっかい》だ。ランバーとしてはもうとにかく逃げ切りたかった。

だが、それはかなわない。

『自動操縦ON。対象知覚、射撃ヲ開始シマス』

がたん、という音とともに道の先から一体のロボットが現れる。四脚歩行のそれは、分厚い装甲と戦車砲、そしてランバーのような暗黒街の邪魔な人間を清掃するための機銃が装備されている。オーサカ・テクノウェポン社やトーキョー・バイオケミカル社が運用する、機動戦車と呼ばれる兵器である。

「まじかよ……」

機動戦車はその名の通り、戦車としての性能と圧倒的な機動力を兼ね備えている。いくらランバーが身体改造を繰り返したとはいえ、戦闘力は蟻《あり》と象。機銃の掃射だけであえなく即死するだろう。
加えて道が塞《ふさ》がれる。これによりランバーの地理的な強みは消滅する。そうなれば怪我人を抱えた、所詮一介の民間人でしかない。少女は痛みに呻《うめ》きながら、ランバーに吐き捨てた。

「うちを捨てて逃げるんや」

「できねえって言ってんだろ」

がちゃり、とランバーは左手と腰に装着したロケットランチャーを構える。この距離でどこまで精度が出るか、そもそも機銃による妨害を抜けられるかも分からない。ただこのまま死ぬくらいなら、最後に挑戦したい。そう思ったのだ。

「機動戦車と挟み撃ちにしろ！」

「隊長をよくも！」

背後から企業の私兵たちの声が聞こえる。覚悟を決めて、ランバーはロケットランチャーのボタンを押そうとした。

瞬間。

「「「「!?」」」」

凄《すさ》まじい爆発音とともに、機動戦車が炎熱に包まれる。恐らく圧縮可燃ガス砲の類《たぐい》だろう、とランバーは推測する。メタンガスやアセチレンガスを超高圧から解放し、指向性を持たせた爆発を発生させる。

だが、この威力は流石《さすが》に想定外だ。

『ギギギ、損傷率六八％、動作不能、自動停止ヲ行イマス』

一撃。戦車砲の応酬にすら耐えうる装甲がひしゃげ、内部機構が覗《のぞ》いている。あまりにも火力が高かったからなのか、熱で一部の部品は融解すらしていた。

燻《くすぶ》る中、路地の向こうから機動戦車を踏みつけて現れたのは、見覚えのある姿だった。

中肉中背で、無精髭《ぶしょうひげ》の生えた男。武器を何一つ持たず、サイボーグ化した様子もない。戦場に似つかわしくない姿で彼はよっ、と手を振った。

「おー、ランバー無事か」

「マスター！」

なるほど、とランバーは頷く。恐らくマスターは強化人間。ミイデラゴミムシや牛など特殊なガスを生成する生物の遺伝子を導入することで、生身であるにもかかわらず機動戦車を一撃で戦闘不能にする火力を持ち合わせている、というわけだ。

ここまでの火力は流石に見たことが無いが、可能性としては十分あり得る。歩く人間砲台とでも呼ぶべきだろうか。強さに自信があるわけだ、と納得していると、マスターは平

然とした表情のまま、たんとランバーの隣に立つ。数十ｍの距離があったのに、一瞬で。

「「「「⁉」」」」

「おいおい、俺の顔を見ても銃を下ろさないとか、トーキョー・バイオケミカル社も怠慢《たいまん》が過ぎるだろ」

その場にいたマスター以外の全員が驚愕《きょうがく》する。単に移動速度が速い、だけならまだ分かる。問題はマスターが恐らく遺伝子導入による強化人間だということだ。遺伝子強化、特に動物の遺伝子を導入した者には弱点がある。導入遺伝子種の上限、すなわち複数の能力を持たせるのは厳しいということだ。

さらに言えば、遺伝子強化した上にサイボーグ化しようとすると通常の人間とは違いすぎるため特注の設定が必要となる。副作用も大きくなりがちなため、大抵の場合はサイボーグ化を併用できない。にもかかわらず、機動力と圧縮可燃ガス砲を両立している。

企業の私兵が、危険を感じてランバーではなくマスターに至近距離からの銃撃を行う。弾丸は当然の如《ごと》く命中し、破裂音と共にマスターは吹き飛ぶ。

「やったか……⁉」

「最近のアサルトライフルは怖いな、結構響くじゃん」

私兵が喜ぶ隙《すき》もなく、ぬるり、と立ち上がったマスターは驚愕で動きを止めた私兵のアサルトライフルを掴む。太くもなければ細くもない、平凡な手は一撃で金属の塊を握りつぶす。

銃器を無効化する技術は幾《いく》つか種類が知られている。代表的なものは強化外骨格を纏《まと》う、皮膚と筋肉を大幅に強化するなどの方法で点の威力を面に分散し防ぐというものだ。

だが、圧縮可燃ガス砲や高速移動、筋力と両立するなどあり得るものではない。身体改造も遺伝子強化も所詮人の技、万能には程遠い技術の筈《はず》なのだ。

「ちっ」

だが私兵にとってこのようなイレギュラーはいつものことだ。リスクと採算を度外視した兵器、明らかに人格の壊れた実験体。そういった化け物を幾度も相手している。銃を壊された私兵は腰から素早くナイフを取り出した。黒い刀身は、引き抜くと同時にあっという間に赤熱する。

ヒートナイフ。電流を流すことで最大三〇〇〇度まで大気中で加熱可能なタングステン特殊合金を加工し、刃物にしたものだ。通常の刃《やいば》であれば切断するだけだが、この刃なら皮膚装甲を軟化させると同時に、装甲経由の熱伝導により体内を火傷《やけど》させられる。重装甲の敵に対する、接近戦の回答の一つである。

「うらっ！」

「あっつ！」

私兵のナイフさばきは達人のそれであった。動作をプログラム化し脊髄置換機構にインストールしている彼らは、訓練を必要としない。ナイフが美しい軌道を描き、空間を駆けぬける。一方、マスターの動きは素人そのもの。身体能力のみで無理やり躱《かわ》すが、刃が一瞬触れ顔を顰《しか》める。

「熱は効くぞ！」

「了解！」

「あ……」

「あぶねぇマスター！」

そしてその隙を突いて、もう一人の私兵は奇妙な武器を使おうとしていた。幾つかのアンテナと、円筒が装備された奇妙な銀色の機械。サイズはスーツケース程度であり、しかしランバーはその脅威がサイズに見合わぬことを知っていた。

ランバーはマスターを助けるべく銃を抜こうとするが、間に合わない。私兵が奇妙な兵器の引き金に手を掛けた。

「マジかよ……」

「討伐完了、手間取らせやがって」

瞬間。マスターの肉体が膨れ上がり、ドロドロになって崩れ始める。肉の焦げる臭いと零《こぼ》れ落《お》ちる体液の音が周囲に響き渡る。

収束式電磁波放射器。電子レンジの応用で、対象に電磁波を当て水分子を加熱、沸騰させることで殺傷する。水分子がある相手であれば一切の防御が不可能な、殺人兵器であった。

あれだけ強かったマスターは、あっという間に肉塊になり果てる。かろうじて人の形を保っているが、表皮は悉《ことごと》く焼《や》け爛《ただ》れて口も目も鼻も判別が付かないほどだ。

震える少女と彼女を庇《かば》うランバーに、私兵たちは再び向き直る。私兵たちは嗜虐《しぎゃくてき》的な笑みを浮かべて、ランバーたちに迫った。

「全く、手間をかけさせやがって」

「戦車代を回収しなければいけないからな。臓器はばらして売る方向で行くか」

「くっ……」

「おっちゃん……」

「その前に俺の服代も返してよ……」

「「「!?」」」

間髪入れずに。何事もなかったかのように。その男は私兵たちとランバーの会話に混ざりこんできた。私兵たちが慌てて背後を振り返ると、体液で汚れた服を着たマスターの姿があった。

体は、無傷だった。

「急速再生……!?」

「そんなんじゃねえよ。単なる不死身だ」

ばん、と私兵の体に蹴りが入る。企業の私兵はあっけなく吹き飛び、壁にめり込んで動きを停止する。身体改造により強化された皮膚神経は、しかしその反応速度を活《い》かせないほどの速度の蹴りにより事実上無効化されていた。

もう一人の私兵は状況に混乱しながら、それでも体は反射的にヒートナイフを引き抜いていた。しかしヒートナイフを突きだそうとしても一㎜たりとも動かない。

「危ないだろ。没収な」

「素手で……!?」

先ほどまで熱でダメージを受けていた姿はどこへ行ったのか。マスターは私兵の背後に高速で回り込み、素手で平然と超高温の刀身を摑む。そして空いた手で軽く、腹に打撃を入れた。

私兵の肉体が路地裏でゴムボールの如く飛び跳ねる。私兵は呻き声を上げるだけで、立ち上がることはなかった。

「よし、これで全員かな」

僅《わず》か数瞬の間に、マスターは私兵たちを殲滅《せんめつ》してのけた。その姿にランバーは戦慄《せんりつ》する。

（おいおい、機動戦車を一撃で倒せる圧縮可燃ガス砲、数十mを一息で詰める機動力、ライフルを防げる防御力、一撃で改造人間をノックアウトする攻撃力、そして何より肉塊になった状態から一瞬で再生する再生能力。そんな生物聞いたことねえぞ、一体何の遺伝子で改造すればこんな人間が出来上がるっていうんだ……!?)

ふぃー終わった、とマスターはなんてことのない様子で伸びをする。事実彼にとってはこの程度、遊びにすらなっていないのだろう。

マスターには明らかにこちらへの敵意は無く、本当にただ助けに来てくれただけのようであった。それにしては派手すぎるが、まあ助けられたし文句を言うものではない。

それはさておき、一命は取り留めた、と少女と顔を見合わせてランバーはくしゃっと笑みを浮かべる。命の危機があるのはいつものことだが、今日は一際だった。とりあえずゆっくり休み、また対応を考えようとランバーは楽観する。

「なあランバー。俺が渡した納豆、どこに行った?」

前言撤回、本当の危機はこれからのようであった。

マスターは角でまだ納豆に悶《もだ》えている企業の私兵を見る。……そうだよな、せっかくプレゼントした食べ物を兵器として使われて、嬉《うれ》しい奴はいないよなぁ、とランバーは思う。

ゴゴゴゴゴ、と効果音が背景についていそうなマスターの怒りの形相を見て、ランバーは静かに頭を地につけるのであった。

「マジすまなかった――!」

「食べ物を粗末にするんじゃねえ!!!!」

第十一話　コロッケを作ろう！

ランバーが襲われた翌日。居酒屋『郷《ごう》』の二階でランバーと少女は苦しそうな表情でジャガイモを潰していた。

「マスター、もう許してくれ……」

「貸し借りを作るっていうことがどういう意味か、分かったようで何よりだ」

「なんでうちまでやらされんねん……」

俺はランバーに借りを返せ、と言ってコロッケのタネを作らせていた。あれみじん切りにしたりするのクソめんどくさいんだよな。身体能力任せにすると飛び散っちゃうし、手作業が一番なんだよ。

そんなわけで二人は淡々とまな板の上でジャガイモを潰し、タネの製作を進めていく。

因《ちな》みにランバーは手袋をつけて、だ。こいつの手、サイボーグ化してる関係で変な臭いとかがつく可能性あるからな。安物だと有害物質を使って塗装をしていることがあるし。

二階は基本倉庫として使っているのだが、広いわりに物がない。なので時たまラップを大きく広げて作業したいときなどは一階の厨房《ちゅうぼう》ではなく二階で調理するのであった。二階のコンクリートむき出しの床にはラップとキッチンペーパーが敷かれていて、その上でピンク色のエプロンを着たランバーとネズミっ娘は作業を進めていた。

二人を眺めながら、俺はまったりと出来上がったコロッケのタネを冷凍保存していく。方法としては作ったタネを吸引機で真空パックし、業務用冷凍庫で急速冷凍するだけだ。冷凍温度の低さが効いているのかは知らないが、この方法だと味がほぼ落ちない。そのため、しがない居酒屋のメニューとしては重宝していた。

「くっそ、納豆を投げなきゃよかったぜ……」

「それについてはもういいって言ってるだろ」

因みに昨日の納豆の件は既に水に流してある。というのも状況的に仕方がなかったし、あんなに二三世紀キッズが嫌がる臭いだとは俺も思っていなかったのだ。

嫌がるものを無理やり押し付けといてキレるの、あんまりよろしくないなぁ、ということで三秒で怒りを収めたのである。ランバー、ビビらせてしまってゴメン。

その詫《わ》びもかねて、昨日の救助の貸しをコロッケのタネ作りという形で返してもらっているわけだ。これなら俺の手間も減るし、ランバーも格安で救助してもらえたことになる。

ランバーが巻き込まれたのは俺のせい……というのはあるが、そもそもの原因はチ〇ポである。俺は油を注いだだけで、着火したのはこいつだからな。まあ反省するといいだろう。次からはチ○ポをおまけしてもらうなよ。

そういえば、ともう一人のネズミっ娘の方も確認する。一四歳くらいの、ランバーが抱えていた少女だ。マジで初対面、ガキが巻き込まれるのは忍びないという理由だけで助けたらしい。偉いぞランバー、しばらく飲み代は値引きしてやろう。

「とりあえずネズミっ娘の方は傷は大丈夫か？」

「ネズミっ娘ちゃうで、チューザって通り名でやってる。傷はまだまだやな」

ランバーに助けられたネズミっ娘はそう言いながら少し不貞腐《ふてくさ》れる。一〇〇%の善意で助けてもらったのが初めてらしく、なんというか凄《すご》く反応に困っている雰囲気でランバーの方をちらちらと見ている。

おっとこれは恋の予感か、ついに風俗と居酒屋通いくらいしか趣味のないランバーに春が⁉　と俺の中の野次馬が叫び出す。他人の恋路ほど面白いものはない。だって自分のやつは地雷と地雷と地雷しかないし。

「マスター、こんなにコロッケ作る必要あるのか？」

浮いた話とは無縁なおっさんことランバーはその視線に気づく由《よし》もなく、自分が作ったコロッケのタネを眺めている。このコロッケは珍しく二三世紀キッズにもウケがいい料理の一つだ。どうやら揚げ物系は未《いま》だに人気が高いらしい。原価が安くタネさえ準備できれば大量生産可能なコロッケはうちの看板料理の一つとなっているわけである。余ったら俺が食べればいいしね。

だが、それにしてもコロッケの量が多すぎるのは事実だ。一週間かけても消費しきれないほどの量を準備している。その理由は極めてシンプルだった。

「ロシアンルーレットをする！」

「何言っとるんやこの店長さんは……」

「食べ物を粗末にするなとオレに言ってやがったのに、三歩歩いたら記憶が消えたのか？」

チューザちゃんとランバーは呆《あき》れた目で俺を見る。そう、やることは簡単。コロッケにワサビやからしを仕込んだものを混ぜる。一〇個に一個混ぜておいて、回避できたらその日の支払いはタダという新キャンペーンをやるのだ！

単純な美味《おい》しさでは他店に勝つのは難しい。しかし、面白さなら付け入る余地がある！いくぜいくぜ、と闘志を燃やす俺を他所《よそ》に、ランバーはふと思い出した様子で憂鬱《ゆううつ》な表情になった。

「マスター。それよりも、昨日のは大丈夫なのか？」

「急に話を変えるなよ、襲われた件だろ。大丈夫だ、今晩上司が謝罪に来る。居酒屋にトーキョー・バイオケミカル社風情が逆らってすみませんでしたってな」

「ふつう逆やろ！」

「そこでロシアンコロッケを出してやるわけだ。誠意を見せるとはどういうことか、分かるよな、と言って……」

「そのためだったのか、よし協力するぜ！」

「大企業舐《な》めすぎやろ……店長さんが強いとは言っても、相手は昔の国家並み、ミサイルでこの店を消し飛ばすのなんて容易なんやで」

チューザちゃんの言うことは真実だ。彼ら大企業はとてつもない武力を持っている。具体的には核武装しており、国の判断とか待たずに撃てちゃったりする。もちろん批判は一杯来るけど、他企業の利益になるなら批判の声の封殺も容易だ。

が、そういう意味では俺はクソ厄介《やっかい》だ。生命力がゴキブリ並み、吹き飛ばされて頭だけになっても数秒後に再生していることでおなじみマスターである。しれっと生き延びて他組織に「あいつに復讐《ふくしゅう》したいんです！」とか言いだしたら厄介極まりない。というか実際それをやったことがある。牙統《がとう》組マジごめん。

「というわけで奴らの話を聞いて、それから対応を決める。まあ俺はまったり居酒屋できたらなんでもいいんだが」

「このチ○ポは渡さねえ……！」

「なんでムキになっとるねん」

「因みに多分諸悪の根源はあの議員。二人は知らないだろうけど」

そんな諸々《もろもろ》の結果としてやたらと周囲から気を使われる一般男性が完成した、というわけだ。俺としてはまったり勢力争いに関わらないで済むポジションが欲しかったわけだし、願ったり叶ったりである。変に畏怖《いふ》されたり婚約持ちかけられたりするのは困ってるんだけど。

因みに核爆弾連射だと流石《さすが》に死ぬ……はずなんだけど、試したことはないので結果は見てからのお楽しみである。まあ、暗黒街の地理的に一〇〇%妨害が入るので気にしなくていいんだけれど。暗黒街、無法地帯だから色々な企業の資金が入った違法施設がたくさんあるので、潰されたら皆困るからね。

俺が自信満々なのを見て二人は目を見合わせる。

「マスターの強化方法く－いず！　オレはドラゴンとかの遺伝子入れて強化したんじゃないかと思うんだがどうだ！」

「はぁ？　おっちゃん酒飲みすぎて頭まで悪くなったんやない？　ドラゴンなんておらへんよ、複数生物遺伝子による強化やって！」

「複数遺伝子入れたら人間の形保てなくなるって言ってたのはネズミっ娘だろー！」

「チューザや！　まあそれはその通りや、人間成分が足りなすぎて脳や足が形成されなくなるんよ、でもドラゴンはないやろ！」

「「誰？」」

「何を、男のロマンだろうが！　それに歩く戦車も改造人間もいるんだ、ドラゴンがいてもおかしくないだろ！」

「いーや複数遺伝子や！」

二人が仲良く騒ぐ中、俺は油にコロッケのタネを投入し、揚げ物を完成させ始める。見てろよ企業の犬、居酒屋の怖さを教え込んでやる。ワサビ一〇〇倍の力を味わうがいい……！


「ぐ、ぐぇぇぇぇ、ワサビぃぃぃぃ」

「試しに食べた店長さんが死んどる……」

「そんなにまずいのか……」

結局没になりました。食べ物で遊んではいけない（戒め）。

第十二話　戦えモンスター社員？

「や、やっぱり怖いっす！　ここのマスター、人を炙《あぶ》って食べるんっすよね！」

「その通りです、でも怖くないですよ、私の夫ですから」

「聞こえてるぞお前らー。あとアヤメちゃんは嘘《うそ》を吹き込むなよ！」

ランバーとチューザちゃんがコロッケづくりに精を出した日の夜。店外からそんな声が聞こえたので俺は抗議した。人は食べねえよ、俺を何だと思ってんだ。

「あらすみません、ちょっと面白かったものでして」

そうやって中に入ってくるのは常連客の一人、牙統《がとう》アヤメ。牙統組当主の一人娘であり、ドS。そして今日はあの全裸ドエムアサルトは連れていない。

「本日はトーキョー・バイオケミカル社から依頼を受けまして、仲介役として参加させていただきます」

「おや、あそことは仲が良くないと思っていたが」

「いえ、ビジネスで取引はあります。まあ少し手数料を追加でいただいているのは事実ですけれどね」

牙統組のビジネスは違法物品の販売だけではなく、この暗黒街での暴力行為・犯罪行為及び危険作業の代行にも及ぶ。これに際して数多《あまた》の機密や他社の弱みを手に入れ成長してきた。

そして今回は、俺との交渉という危険作業の補助を請け負った、ということなのだろう。向こうからしたら敵地、交渉を丸く収めるために彼女を雇うのは正しいと言える。問題は滅茶苦茶搾取されてそうという所なのだが。トーキョー・バイオケミカル社のお財布が心配される。

「は、初めまして『龍』殿！　この度は当社の不手際、申し訳ございませんでしたっす！私は社員のハヤサカと申します！」

そして続いて入ってきたスーツの女は俺を見て深く頭を下げる。短髪のピンク髪、背は少し高くどこか気の抜けた雰囲気が特徴だろうか。

「ほら聞いたかチューザ！　ドラゴンだドラゴン！」

「絶対ちゃうって、コードネームや！」

会話を聞いて奥の部屋に引っ込んでいる二人が騒いでいる声が壁越しに聞こえる。

『龍』とは呼ばれてるけど、ランバーの思っているファンタジー生命体ではないんだよなぁ。かといって単なるコードネームかというと少し違うし、うーん難しい。

一応今回は俺とトーキョー・バイオケミカル社の取引なので、二人には下がってもらっている。二一世紀なら被害者が加害者に文句を言うのが筋に見えるかもしれないが、俺が割り込んだ時点で勢力同士の争い、という認識になるっぽいので仕方がない。

この時代、企業は絶対だ。企業が全てを支配して、人はそれに従う。トーキョー・バイオケミカル社は正に国家規模の勢力を持つ大企業。だからこそここで失敗するともっと大事になる、今の時点でしっかりと話をつけなければならない。

「座ってくれ。話は事情を聞いてからだ」

数日前、輸送船爆破事件が発生した。犯人は『不死計画』に参加していた元トーキョー・バイオケミカル社の社員、アルタード研究員。彼は機密情報と完成体の情報を持って逃走した。

アルタード研究員の特徴は、過度な身体改造である。特筆すべきは換装能力、簡単に自身の体を入れ替えられるよう、体の根底にまでメスを入れている。もはや機械人間とでも呼ぶ方が正しいだろう。

その中の部品の一つ、股間部ロケットランチャーの刺青《いれずみ》から発する信号を追い、トーキョー・バイオケミカル社の戦闘部隊が飛び出していった、というわけだ。

「個体識別用に体の各部に発信機を有することが義務付けられているんだっけか」

「はい、そしておじ様の近辺で信号が見つかり、しかし何日経《た》ってもアルタード研究員が見つからないので、とりあえず対象信号の保有者を確保しよう、という方針に決まったようです。万一データをおじ様に取られたらもう手出しできなくなりますから」

話としては簡単、この街ではよくある盗難事件だ。爆破して無理やり目的物を盗み、様々な方法で姿をくらまそうとする。一方で追いかける側はありとあらゆる手を使って対象を捕らえようとする。

彼女、ハヤサカはバイオ技術の中でも電脳、いわゆる仮想世界と接続するための部品とかを管理する部署の人員らしい。今回流出した機密情報に彼女の部署が管轄《かんかつ》するものが含まれていたため、関わっていたとのことだった。

「私たちの部署、技術管理十課が治安維持戦闘部隊に捜査を依頼していました。攻撃先を決定したのは彼らですが、責任は私たちの部署にあるっす」

「いずれにせよ先に俺に連絡するべきだよな？　あんたの店の客について聞きたいことがある、とな」

「当社としては『不死計画』のサンプルを奪われたら一番問題になる相手が……」

「それはお前らの社内の問題だろう。そもそも俺は嫌いなんだよ、とりあえず殺して脅して、っていうのが。話し合いと金で解決できるのが最もスマートだ」

「しかしそうだとするなら情報の確度や余計な拡散が……」

「それは巻き込まれる奴には関係ない。今回も通りすがりの一人をコスパがいいから殺そうとしただろ？　俺が腹を立てているのはそういう所だ。ましてや俺の関係する部分でやるとはな」

俺はどうしても二一世紀の感覚が抜けない。当たり前の倫理観、当然の義理や人情が体を強く縛り、放っておけばよい話でも首を突っ込んでしまう。

実際にハヤサカは俺の言葉を聞いて腑《ふ》に落ちないような表情をしている。まあ二三世紀の人間からすれば、優先すべきは社の利益だ。暗黒街の路上生活者の命などではない。が、それは奴らのルールと倫理の話だ。

「今回、あいつらに事実を説明した。闇医者から安価で買い取った装備があの股間部だ。犯人かどうかも分からない参考人を確保するために人を殺す、嫌な話だ。俺の関係するところでそういう真似はやめてくれと言ったはずなんだがな」

「え、えっと……」

ハヤサカは俺の話についていけないらしく、頭上に?を浮かべている。どうやら本気で詳しい事情を知らないらしい。

まああの事件はトーキョー・バイオケミカル社の体面にも関わるからある程度隠蔽《いんぺい》されている以上、仕方がないと言えば仕方がないが。要するに、昔トーキョー・バイオケミカル社が俺に刺客を送ってきたことがあるのだ。狙いは『不死計画』の失敗作にして完成体、つまり俺そのもの。だが、あまりにも俺が強すぎて返り討ちにあってしまったという、彼らにとっては最も恥ずべき結末で終わってしまったのだ。戦闘機を投石で撃墜した時は実に爽快だったぜ。

それ以降、トーキョー・バイオケミカル社の俺への対応は文字通り眠れる獅子《しし》を起こすな、という感じだったはずなのだが、目の前のハヤサカはさっぱり分かっていないらしい。

この会話は流石《さすが》にマズイと思ったのか、アヤメちゃんが補足を入れた。

「補足しますと彼女はいわゆるモンスター社員です」

「何ひとつ説明になっていないぞ!?」

急に何を言い出すんだアヤメちゃん、と眉を顰《ひそ》める俺に、しかし当のハヤサカは特に否定する様子は無かった。どうしてだ、と目線で先を促すと、アヤメちゃんは可愛《かわい》らしく頷《うなず》く。

「新卒で入ったものの会社でお荷物扱いされて、今回の責任を取るためだけに派遣されたというわけです。まあ体《てい》の良い処分ですね。ですので話したところであまり分からないかと」

「謝罪相手に寄越《よこ》す相手としては最悪だな。……いや、怒りを買ったという理由を付けてクビにしたいのか。酷《ひど》い話だ」

いくらモンスター社員としてもそんな使われ方はしないだろう。俺相手ならなおさら。

上の頭が相当悪くないとそんなことは起きない。俺はそう思ってたがそれは企業を信頼しすぎていたらしい。

「派閥《はばつ》抗争が最近発生しまして、その関係で組織がかなりごたついているようですね」

「はい、最近三日おきに部長が入れ替わるなんてことがあったっす！　なので新卒ですが何一つ仕事について教えてもらっていません！　噂話《うわさばなし》やデータベースの情報しか知りませんし、前任者は飛びました！　先輩は上司と喧嘩《けんか》している私に、触らぬ神に祟《たた》りなしとスルー状態っす！」

「嘘だろ……」

つまり今俺の前にいるこの新入社員は、マジで何の引継ぎもされずに責任をとるためだけに送り込まれた生贄《いけにえ》そのものである。やっぱ企業はクソだな。全部解体しようぜ。

「加えてこの娘はトラブルメーカーで上司との折り合いが最悪でして。そんな彼女をクビにしつつ、かつ謝罪をきちんと済ませてくる、それが私にきた依頼というわけです」

「上司自らやれよ」

「おじ様の過去のログを見た瞬間怯《おび》えて縮こまっていたそうですよ」

「そんな、やったことといえばアルファアサルトをスポーツカーでゴルフしたくらいしか記憶にないぞ」

「何一つ単語が繋《つな》がっていないっすね……」

　アヤメちゃんの笑顔が邪悪すぎるし、この娘も自分が解雇されるというのに能天気すぎる。というかハヤサカ、さっきからっすっす言ってるけど普通に駄目だろ。上がヤバいだけじゃなくてこの娘自身も相当な変人だぞ。モンスター社員×モンスター職場、地獄の完成である。

「企業の奴隷としての自覚が無いって言われるんっすよね。そんな、入社式に遅刻したり同僚の名前を全く覚えてなかったりしただけなのに……」

「あとは会議中に寝たとか敬語が下手、とかでしょうか。学業や個人起業の成績は素晴らしいのですが、このあたりの問題のせいでモンスター社員扱いだそうです。おじ様、そういったわけでしてこの娘の態度については今だけ大目に見ていただけませんか。どうか私に免じて。どうせすぐにクビになりますので」

「それは別にいいんだけど、ハヤサカか、ちょっといい？」

　アヤメちゃんは機嫌良さそうに仲介に入る。俺のことを制御できるのは自分だけ、みたいな感じで喋《しゃべ》っているがまあそれは否定できない。実際アヤメちゃんが間に入ると俺の価値観を配慮して良い落とし所を作ってくれるんだよな。本当に優秀な娘である。

　だが今、俺はそんなことよりも気になることがあった。彼女の発するその空気。すごく懐かしい雰囲気だ。つまり。

「打刻時刻は？」

「始業のベル直前」

「リモートワークは？」

「業務無ければ実質睡眠」

「仕事後の飲み会は？」

「給料出ないし行かないっす」

とても懐かしい響きだ。なんてことだ、この資本主義全盛期、人権軽視の時代にまさかこんな逸材と出会えるとは！　すなわち彼女は。

「『YES！　ワークライフバランス！！』」

「お、おじ様、どうしてそんなテンションに……？　今時は一日一六時間労働、職歴に傷がついたら人生終了、人生は企業への奉仕、上司は神という概念が一般的なのですよ？」

アヤメちゃんが俺のテンションの高さに困惑しているが気にしない。ああ昔を思い出す。クソみたいなブラック企業で人生を浪費し、ホワイト企業に転職したときのあの解放感を！　定時で帰れるあの喜びを！　理不尽な言いがかりをつけられないあの天国を！

「やっぱ定時に帰るのが一番気持ちがいいよな！」

「その通りっす！　帰ってからゲームするのが最高なんっすよね！　でも上司が最近やかましくて」

「三日で変わったって人？」

「そうっす。この前は胸を揉《も》もうとしてきたから股間を鉄板入り安全靴で蹴とばして事なきを得たんですけれど、そしたら『愛人にもならず仕事もできない、お前のような無能社員はいらない！』って言われまして。もうそれでやる気がゼロに」

「分かるぜ、理不尽を言われると途端に会社への忠誠消えるよな。流石にそれとはレベルが違うが、社内の一部にしか無いローカルルールでガチギレされたりするの、仕方が無いとはいえ本当にストレス溜《た》まったぜ……」

「そんなわけで水筒にクロム毒ぶち込んだり色々嫌がらせをしてみてるんですけど、中々自主退職していただけないんっすよね。セクハラパワハラ脅迫個人情報の悪用、入って僅か数か月でこれなのに」

「そりゃ大変だなぁ」

「いつもこういうことに反発するおじ様が何故か共感してる……!?　クロム毒入れるのは普通に犯罪ですよ！」

「労働はクソだし仕方がないさ」

「いつもの倫理観はどこに行ったのですか!?」

アヤメちゃんが何か言ってるが暗黒街の住人にはあまり関係が無い。というかそんだけブラックで権力持ってるやばい上司、許されちゃいけないだろう。ハヤサカは諦めた様子でぐでっと体をテーブルに乗せる。

「入社したての頃は良かったんっすけど、企業のそういう姿を見るとやる気無くすっす。金稼いで仕送りして感謝されて、とか入る前は夢あったのに」

「ハヤサカさん、謝罪相手にする態度ではないでしょう」

「どーでもいいっす。それより他の人間のミスで謝罪するの、うわーってなるっすよね～」

「分かるわ～なんかどうでもよくなってきたし俺もだらけようっと」

「おじ様⁉」

アヤメちゃんの困惑がさらに深まる。彼女からすれば謝罪を要求するはずの場で二人揃《そろ》ってこんな状況になるのは想定外のようであった。確かに普通ならもっと怒ってたんだろうけど、今回は上司側がやベー奴だからもうどうしようもない。アヤメちゃんはこんな社員を生まないよう頑張ってね。

「私、もう本気でやめようと思ってるんっすよ。どうせ会社から責任押し付けられて借金とか背負わされるなら、暗黒街に逃げようかなーって」

「そういや会社がかばってくれないのか。クソだな」

「学歴全てパーになって、戸籍なしのその日暮らしにジョブチェンジっす！　いやー、私の頑張ってきた二〇年、何だったんだろうな……」

ハヤサカの寂しい表情を見て、ああこういうのは今も昔も変わらないな、と思ってしまう。自分の努力が、自分がどうにもできない理由で無意味になる瞬間の絶望。俺自身は恵まれていたからそんなことは無かったが、周囲では病気や事故などでちらほら、悲しいことになっていたなぁと思い出す。

……まあ折角だし、ちょっとだけ手助けしてやるか。情けは人の為《ため》ならず、である。

「そうだ、それよりいい方法があるぜ」

「何っすか？」

「えーっと、ハヤサカ氏の真摯な態度に免じて特別に今回は許す、その他賠償《ばいしょう》不要、今回の件については随時情報共有を行うこととするっと。ほい」

さらさらっとペンで紙にそう書き、サインをつけて彼女に渡す。ハヤサカは何度も紙を見直し、「え、いいんですか」と呟《つぶや》いた。

「いいんだよ、これで成果を出せてしまった以上、上司は君をクビにできなくなっただろう？　アホ上司が俺に怯えている以上、むしろ対俺への仕事をできる要員は喉から手が出るほど欲しいはずだ。これでクビにならずに今回の件の謝罪完了、全解決だ」

「……人がよすぎるっすよ」

「恩は先に売るものだ。それに今回の件に加えて派閥抗争で俺への対応や情報共有が相当駄目になっているんだろう？　なら君を抱きこんでおいて、そのあたりを調整するのも必要だろう。まあ何よりも、未来ある若者が大人の都合で潰されるのは気分が悪い」

ばちん、と柄にも無いウインクをする。そもそも今回の件は、謝罪と次から気をつけろ、で済ませるつもりだった。賠償とか言い出してややこしい真似をする気はなく、しょうもない陰謀《いんぼう》で俺のまったり居酒屋生活を邪魔するなというのが目的だからな。

ならそのついでに人助けも悪くないだろう。気も合うしアヤメちゃんの話を聞くに強みもきちんとある。繋がりは多いに越したことはないのだ。あとヤバい上司とやらと直接関わりたくない。お前はシールドになってくれ。

「ありがとうございます、この恩は必ず返すっす！　とりあえず体でどうっすか！」

「ほう……」

「おじ様、反応しないでください！　そんな、思わぬ強敵が……どうしてこんなことに……」

ちょっと涙目になりながら頭を深く下げるハヤサカと、想定外の連続に目を回すアヤメちゃん。そして後ろの部屋で爆笑しているランバーとチューザ。カオスな光景とともに夜は更けていった。

後日の話である。

「『龍』さん、あの案件成功させたお陰でクソ上司の顔が凄《すご》いことになったっす！　しかも他の先輩が使える奴と認めてくれて情報共有とか色々してくれるようになりました！」

「よし偉いぞ。お前はモンスター社員ではなくちょっと変わった、仕事を教えてもらえなかっただけの新人だ。成果を見せて黙らせていけ」

「えへへへ……頑張るっす！」

「どうして私よりおじ様に気に入られてるんですか……」

若者を導くのもオッサンの役目である。こうして常連が一人増えましたとさ。

第十三話　浴場バトル！

「見ろよ、『ダブル』のランバーだぜ……」

「す、すげえ！　ロケランもチ○ポも二刀流なのか！」

二三世紀でも温泉は人気だ。とはいっても昔ながらの天然温泉はほとんどない。代わりに人工温泉が人気であり、かく言う俺も常連であった。

バイオ温泉『安全、ゼッタイ！』というこの店は年間死者数が六人程度の非常に安心できる温泉だ。因《ちな》みに暗黒街の中で年間死者数が両手で数えられるほどの温泉はここくらいだったりする。本当に良い湯なのだ、『安全、ゼッタイ！』は。

ハヤサカとアヤメちゃんと会談をした数日後の早朝、俺とランバー、チューザちゃんは怪我《けが》を癒すべく訪れている、というわけだ。

「ここ最近は疲れたから、ゆっくり浸《つ》かりたいぜ……」

朝の穏やかな日差しが曇《くも》りガラス越しに差し込む。広い浴場は洗面台が並ぶ場所と一際大きな湯船に分かれており、湯気が立ちこめる温泉からは独特の硫黄《いおう》の匂いがしていた。

そんな中でかけ湯をした俺とランバーはゆったりと浴場の中に足を進める。因みにランバーについては会談の後にやってきた、アルファアサルトの皆さんから取り調べを受けていて、相当疲れているようだった。一応俺の監視下で、という条件付きだったから相当ソフトにやってもらったはずなのに。

まあアルファアサルトは暗黒街の人間にとっては恐怖の対象だ。何と言ったってシンプルに強くて速い。あのドエムアサルトが所属していたとは到底思えないほどに。……やっぱあれアヤメちゃんの嘘《うそ》だった、ということであって欲しいんだけど。でも身体改造の方式が一緒だったんだよな。嫌だよこんな話に信憑性《しんぴょうせい》が出てくるなんて。

「座りすぎてケツの痛みが酷《ひど》いぜ……」

「ランバー、お前痔《じ》持ちだったっけ？」

二人で浴場のタイルの上を歩いていると、ランバーがそう言いながら尻を触りだす。痔持ちはこの電脳化の時代において珍しくはない。むしろありふれた病とも言える。基本的には完治するはずだが病院嫌いのこいつのことだ、放置しているんだろう。身体改造は好きなのにね。

「以前ジャックって奴に襲われたときにな。負った傷のせいか無理な回避運動のせいか、気づけばケツにとてつもない痛みが……。覚えてやがれ、必ず潰してやる……！」

ランバーは拳を握りしめて虚空《こくう》に叫ぶ。人に歴史あり、尻に歴史あり。古傷は勲章《くんしょう》と言うが痔はあんまり格好良くないな、と思っていると聞き覚えのある声が耳に届く。

「あ～ら、ランバーちゃんにドラゴンちゃん、久しぶりじゃないの～」

「「げっ」」

俺たちの肩に気持ち悪い動きで手が近づいてくる。耳元から聞こえる低い声に俺たちはするりと体を翻《ひるがえ》した。

そこにいたのは身長二mの長身の男？　だった。見た目はどう見ても女、長い髪に綺麗《きれい》な顔、ふっくらとした胸に細い腰つき。しかしタオルの上からでも分かる盛り上がりがこいつを男だとはっきり示していた。

ピエールと呼ばれるこの男はバー『ケミカルイエスタデイ』を経営しており、ある種俺の先輩でもある。実際在庫管理の方法とか教えてもらったし。だがそれはそれとして。

「さて、二人の御チ○ポは……」

「余り触るなピエール、俺に男色はない」

「あらアタシを男扱い？　心は男、上半身は女、下半身は男。つまり性別はピエール、さあ新たな扉を開きましょう」

こいつ、男大好きなんだよな。この風呂に来る理由も男の裸が見れるからだし。この温泉はコンプライアンスとかガン無視だからシンプルに生まれたときの体の性別のみで入る風呂が決まる。普通は男女その他×三とかいい感じに分かれているのに、ここだけ二一世紀なんだよな。

　そんなことを話しながらピエールがランバーの腰布をぺろりとめくる。内部を見たピエールと周囲の客はそれを直視してしばらくフリーズし、感動の声を上げる。

「ヘラクレスオオチ○ポ……すごいわね」

「二本あるぜ、しかもふってえ。流石《さすが》ランバーさん！」

「俺も増やしてもらおうかな」

「へへ、照れるぜ」

「何照れてんだよ。ピエールもよだれを垂らすなここは浴場だぞ！」

　温泉には当然、サイボーグたちも入る。しかし身体改造部を気軽に外すわけにもいかない。なので専用の防水パックやシートを貼って入浴することになる。そのためしれっと銃器や弾薬を持ち込んでいることも多く、公衆浴場の殺人発生率は極めて高い。普通のところだと週一以上で発生する。

　まあそんなわけでランバーのロケランチ○ポは堂々と浴場に持ち込まれているというわけだ。くそ、なんか羨望《せんぼう》の視線を浴びているランバーを見ると負けた気になるぜ……。アルファアサルトにビビってたくせによ……。

「さて次はあなたね、ドラゴンちゃん」

「あいつは……？」

「知らねえのか、この浴場の守護神だよ。あの人が時たま来るからここの浴場じゃ殺人があまり発生しないんだ」

「じゃあチ○ポは……」

「ああ、きっとガトリングチ○ポに違いない」

何か滅茶苦茶なことを言われている。周囲の観客は完全に野次馬モードで、俺たちの股間を注視している。こういったことは何世紀経《た》っても変わらない。男はいつだってデカ○ンに価値を感じているのだから。

「まあまて、マスターのチ○ポに開示請求をする前に自己開示、浴場チ○ポバトルはマナーを守ってやろうぜ」

「ランバー、お前さては変なコミック読んだだろ」

「アタシとしたことがそんな初歩的なことを忘れるなんて。ドーモ、ゲーミングチ○ポです」

「どんな挨拶だよ！」

「ミゴト！」

「コレクトな作法、ミゴト！」

「お前らも変なコミック読んだな⁉」

俺が叫ぶ横で、ピエールが腰布を外す。出てきたのは彼の体と同じく細長く、しかし一

六八〇万色に光り輝くチ〇ポだった⁉

どういう意味があるんだこれ。確かに浴場の注目を集めきってはいる。しかしそれだけ。何のために改造したんだよ、チ〇ポはデリケートだから手術費高いって聞くのに。

そんなことを言っていると、野次馬の一部がざわざわとし始める。モヒカンの男たちがピエールのそれを見ながら、羨望の声を上げているのだ。

「見ろよあれ、好きに色を変化させられるんだ」

「つまり設定を変えれば！」

「リアルでもえっちな本に出てくるモザイクがかかったチ〇ポが⁉」

「「我らエロ同人誌再現委員会‼」」

……因みに、日本の漫画やエロ同人誌は今でも人気だ。というのも単純にクオリティが高いのもあるが、かなりの時間が経ち著作権が切れたことでフリー素材化したというのが大きい。くまの〇ーさんのパロディ映画が作られたみたいに様々な派生が生まれ、主流ではないもののサブカルチャーとして根強い人気を誇る。

そして二三世紀、人類の性癖の深化も止まらないわけだが……なんでリアルでそんなことをしようとしてるんだよ。委員会ってなんだまだお前らみたいな変態がいるのか。

「自己紹介は終わりよ」

そしていよいよ俺の番が来る。

だが時間は稼げた。こんなしょうもない戦いであるが、この浴場の守護神である俺が負けるわけにはいかない。俺のチート能力の一端を見せてやろうじゃねえか。体内組織を変形、組み換え完了。全てにおいて俺こそが浴場、そして暗黒街最強なのだ！

「さあ開示請求よ、あなたのチ〇ポを……!?」

「「「!?」」」

多くを語る必要はあるまい。ただ俺はしばらくの間、『シックスヘッドシャーク』と呼ばれた、ということだけを付け加えておこう。というかあの映画、まだ一部愛好家の中で人気なのか……。

第十四話

ガチャ引こうぜ！

「よっしゃSSR死体釣れたぞ！」

最悪な言葉が聞こえてくるこの場所は、暗黒街の広大な下水道である。技術の進歩に伴い、排出される水やゴミの量はどんどん増えている。それらを流すための水路がここだった。

川の色は汚い緑と青の混合色になっており、その中に暗黒街の住人たちが釣り糸を垂らしている。先ほど叫んでいた男が勢いよく釣《つ》り竿《ざお》を引き上げると、その先には汚水にまみれた新鮮な死体があった。

そう、この下水道は邪魔なものをこっそり流すのにも最適なのだ。例えば遺体とか。

だが近年のサイボーグ化技術は進歩しており、汚水に触れた程度では肉体はそう簡単に腐らない。そのため証拠隠滅としては二流の手法であり、にもかかわらずここに死体が流れているのは、そもそも隠滅する必要などないからだ。戸籍が無い者の死は存在しないのと同じ、というのが各企業の見解である。

「マスクしていても臭いんやけど……店長さんはなんで大丈夫なんや？」

「嗅覚をカットした」

「脊髄《せきずい》置換してないのによくやるぜ」

そんな中で俺とランバー、チューザちゃんは通称『死体沢山☆爆釣りスポット四号』と呼ばれる場所に来ていた。この辺りは流れの関係で死体が溜《た》まりやすく、可動式釣り針をひっかけやすいのだ。そして今日来た理由は、メジトーナに関係していた。

「ランバー、情報によるとメジトーナの信号がここから出ているんだよな？」

「間違いない。多分、マスターの想像通り、アルタード研究員に殺された。逃走経路を摑《つか》まれないためだろうな」

依頼はメジトーナが契約していた民間保険会社からのものだった。曰《いわ》く、死亡確認をするために遺体を探して欲しい、ということらしい。

勿論《もちろん》俺に対してではなくランバーに来た仕事であるが、人手不足に加え顔なじみだということで手伝わせてもらっているのであった。俺たちはちょっとしんみりしながら釣り糸を垂らし始めた。

「いいかネズミっ娘、使用するのはこのセンサーとアーム機構付きの釣り竿だ。これでサイボーグ化している部位を探知し、磁石で引っ付ける」

「ネズミっ娘言うな！　でもサイボーグ化してない人は見つけられないってことなん

か？」

「そうだな。部品が売れないし、必要性も薄い」

部品とは当然、サイボーグ化の際に置き換えた各部パーツである。なんだかんだ言いながら、こういったパーツは高い。仮に中古でも、動作確認さえできればものによっては月収分になったりする。

また、場合によっては脱走兵のパーツが手に入ることもあり、その場合は機密データや開発中の機構が含まれていたりする。まあそんなものを一介の何でも屋が見つけた日には、企業に消されてしまうのだが。

「なるほど、力が無い場合はこの固定軸とリールを使うんやな」

チューザちゃんはうんうんと頷《うなず》く。メモは取っていないが、彼女にそのようなものは必要ないらしい。ネズミの遺伝子で脳機能が多少向上しているらしいのだ。

そのおかげもあってか会って数日であるにもかかわらず、ランバーから教わる知識をどんどん吸収していっている。ランバー自身も人に教えるのは嫌いではないらしい。仲睦《なかむつ》まじく二人が話している内容は死体釣りについてなんだけどな。

「死んじまったんだな、メジトーナ」

「オレもしんみりしてしまうぜ。もう反政府クイズをしてくれる奴がいないなんてな」

「それはずっと存在しなくてもいいと思うが」

「反政府クイズ……なんやそれ？」

「知らなくていい！　それはそうと、メジトーナが爆破事件実行犯のアルタード研究員の逃走を手伝っていたことは間違いないな」

「おう、市場で売っていたメジトーナの商品は間違いなくオレのチ○ポと同じくマーキングがしてあった。刻印が上から消されていたのは、メジトーナの加工だろう」

サーモンを買ったときの光景を思い出す。メジトーナはサイボーグ用の部品を幾《いく》つも並べていて、ランバーはそれに対して何度も問い詰めていた。恐らく大本の販売業者は別で、そこから一部がランバーの出会った闇医者に、残りがメジトーナの方へ行ってしまったのだろう。

「ランバー、お前のセカンドチ○ポを施工した闇医者は？」

「連絡は取れたが、トーキョー・バイオケミカルに身柄を押さえられたらしい」

「業務の引継ぎすらできない雑魚《ざこ》の癖に、頑張ったな」

「寂《さび》れた居酒屋の店長が何か言っとるで……」

チューザちゃんのド正論は聞かなかったことにする。うっせえこれから無敵の居酒屋になるんだよ！　全くそんな未来が見えないのはさておくとして！

トーキョー・バイオケミカル社、つまりハヤサカや先日の襲撃者、そしてアルタード研究員の元所属先。派閥《はばつ》抗争とやらでごたごたしているわけだが、今回の事件はこれのせいといってもよいだろう。

つまり、派閥抗争の隙に紛《まぎ》れて脱走することで、追手を撒《ま》きやすくしているというわけだ。普通であればこんな簡単に機密情報を盗まれることはない。じゃあ悪いのはやっぱりトーキョー・バイオケミカル社じゃん。

「メジトーナは面白い奴だったな。マスターも聞いたことあるだろう、腹いせに企業ビルの便所の水全部逆流させた事件とか」

「あったなぁ。下水経由で機密情報の売買が行われていたことが発覚して逆に表彰されたやつだろ？　金貰《もら》えたし許す！　って叫んでたよな」

「何やっとるんやホンマに……」

色々楽しいこともあったし嫌なこともあった。もう何年もの付き合いだ。だけどそれももう終わりである。

「思えばメジトーナのこと、意外と知らないんだよな。もっと色々聞いておくんだった。趣味がどうとか、特技がどうとか」

「チ○ポ生えてる話は知ってるよな？」

「最悪な新情報だな!?」

馬鹿騒ぎをしながら釣り糸を垂らす。悪臭の中で、手元のソナーは数多《あまた》の死体の反応を示していた。嫌なものだ、これだけの人が死んでいて平然としているこの街が。何事もなく進んでしまうこの社会が。

プカプカと死体とよく分からない油が浮かぶ下水を眺めながら、俺は足をぶらぶらと揺らす。依然メジトーナの反応はなく、時間だけが経《た》っていく。

更に数十分経過しても成果はない。俺とランバーは一向に反応する気配のないセンサーに苛立《いらだ》ち、何度もモニター画面を叩《たた》く。

その時だった。しばらく静かにしていたチューザちゃんが立ち上がる。

「データにあった信号と一致、これやな⁉」

急に叫んだチューザちゃんが釣り竿を引きあげた。ビビビ、と頑張って持ち上げようとするが、固定軸があっても彼女の筋力では厳しいらしい。横から俺とランバーがその細い腕を支えて、勢いよく持ち上げた。

「せーの、ヨイショッッ！！！！」

ビヨンと釣り竿がたわんでから一気に持ち上がる。汚い水面《みなも》から飛び上がってきたのは、他でもないメジトーナの死体だった。べちょんと地面に降ろされたその体は長い間水に浸かっていたせいで少し膨れている。胸には弾の通り抜けた跡があり、おそらくこれが死因だろう。

気持ち悪くて吐き気がするが、それはさておき任務達成だ。

「保険金の為《ため》に死因を調べる任務か、気分は良くないな」

「えーっと、死亡確認のためにこの薬品を首元から注入して……」

「ランバー、なんだそれ」

「向こうさん指定の薬物だってよ。これを投与して反応が無いことが死亡の条件らしい」

なんともまあ世知辛い。何をしても人は生き返るわけがないのに。俺を除いて。

この暗黒街では人間は簡単に死んで、物言わぬ肉塊になるのだ。

「「「なーむーあーみーだーぶーつー」」」

注射が完了して、俺たちは手を合わせる。犯罪上等な暗黒街の人間ではあるが、死ねば皆仏。来世こそは幸せな人生を送って欲しい。

……ここには三人しかいないはずなのに、念仏が四人分聞こえるぞ？

俺たち三人は恐る恐る遺体のはずだったメジトーナを見つめる。ぎぎぎ、と嫌な音とともに死んだはずのメジトーナが動きだしていた。

「「「ヒィィィ!!!」」」

「ちょっと、二人とも逃げ出すなや!」

「俺は実体験あるからマジで幽霊怖いの!!! 祟《たた》らないで!!!」

数時間後、俺たちはふやけたメジトーナを信頼できる闇医者の下へ運び込む。どうやら死亡偽装用の脳及び肉体保護機構をかけていたらしい。つまり機械的な「死んだふり」、解除条件は特定の薬品の注入、ということだった。流石《さすが》は暗黒街の住人、しぶとい。そりゃあ保険会社がわざわざ確認しにくるわけだぜ。

とは言ってもダメージが大きいのは事実らしく、足は重く息は荒い。撃たれた挙句しばらく水中にいたのだ、生きているのはかなりの奇跡と言えるだろう。

「……すまない、肉体のダメージが酷《ひど》い、シャットダウンする」

「そりゃそうだ、休め」

「その前に情報だ、お前たちはこれを求めて……助けに来てくれたんだろう？」

メジトーナは爆破事件実行犯のアルタード研究員と接触、もしくはかなり近い距離にいた人間だ。彼女から情報を得られるならありがたい話だ。

俺たちは耳を澄ませて、犯人に関する重要な情報が出てくるのを待つ。これこそが事件全てを解決する『鍵』となる可能性がある。

「メス堕《お》ち世襲議員……」

「どういうこと⁉　やっぱり休むな口を動かせ！」

第十五話　こんなの競馬じゃねえ！

「メス堕《お》ち世襲議員ってなんだよ……」

あれからメジトーナは非常に残念なことに再び仮死状態に戻ってしまった。心臓付近の細胞の壊死《えし》や腕など末端部の損傷が激しいため、情報を聞き出すのは勘弁して欲しいと闇医者にも言われてしまった。

仮死状態であれば一部移植手術が行いやすいらしく、メジトーナは早速今日から手術室行きとのことだった。メジトーナから凄《すご》く情報が聞きたいのは事実だが、それはそれとして仮死状態から叩《たた》き起《お》こして状態を悪化させるわけにもいかない。

そんなわけで俺は今、競馬場にいた。競馬場とは言うが二一世紀のときのように整備されているわけではない。メジトーナのいた市場と同じく、廃棄された区画を無理やりそれっぽくしただけの場所だ。故に地面にはむき出しのコンクリートが見えており、殺風景極まりない。だが広さについては二一世紀のものと遜色《そんしょく》ない。

時刻は既に夕方六時、残念ながら本日は居酒屋『郷《ごう》』は臨時休業である。が、そうしてでも会っておくべき人物がいた。

「マスターさん、お疲れ様です。今日はお店の方は良いのですか？」

「明日の昼に重要参考人を呼ぼうと思っていてな。その関係で今日中に情報を集めきっておきたかった」

　ぴょこんと犬耳の生えた長身の男が、俺を見て柔和《にゅうわ》な笑みを浮かべる。そう、メス堕ち世襲議員について調べてもらうためにシアンを頼ったのだ。

　一応こいつは（恐らく）公安、議員関係の情報網としては最も信用できる。シアンはとりあえず座りませんか、と言ってくるので俺は硬いコンクリートのブロックに座った。座席のつもりなのだろうけどこれは尻が硬くて嫌だなぁ、と思っているとシアンは真剣に目の前の競馬場に目を向けていた。

「さて何番の馬が勝つでしょうか……」

「依頼のこと忘れてないよな」

「勿論《もちろん》です。ただこういった情報は漏れると困りますので、歓声の中で紛《まぎ》れて話す方が良いのですよ。僕もマスターさんも色々抱えていますしね」

　平然とそう言いながらシアンは目の前のオッズ表とにらめっこする。こいつ、堂々と業務時間内に競馬する気だぞ……！　戦慄《せんりつ》するが、よく考えれば俺は競馬というものをよく知らない。二一世紀ではギャンブルそのもの、有名芸能人が一〇〇万円くらい失う動画だけ見て笑っていたが、二三世紀はどうなっているのだろうか。

『第一レース出走馬の登場です！　まずはジェットエンジン搭載《とうさい》のターボ二四五一号！』

『解説の田中《たなか》さん、あれは馬と呼べますでしょうか？』

『四本のタイヤで走っていますので馬ですね』

「じゃあ馬じゃないじゃねえか！」

パドックに登場したのはどう見てもレーシングカー。一応先端に馬の首っぽいものがついてはいるがどう見ても作り物だ。これを馬と言い張る奴の気が知れない。あれ、俺の知っている競馬ってこんなものだっけ？

「一応ここはトーキョー・バイオケミカル所有地ですから。あまり派手な賭けをするわけにはいかないんですよね」

「いや派手だってあれ！　排気音ブンブン鳴ってるって！　あとあれを馬と言い張る理由にはなっていない！」

『続きまして二番、ナチュラルマッチョ二世です』

『どう見てもムキムキのマッチョです。あれは馬なのでしょうか』

『躍動感《やくどうかん》があるので馬ですね』

「ほう、彼が来ましたか」

「なんだよそのベテランの感想、というかもうただの人間じゃねえか……」

『三番バイオゴリラ、四番大気圏突入用ロケット、五番罰ゲーム裸踊り営業マン』

「これが二一世紀に流行《はや》っていた『ウマ息子』というやつですよね、マスターさん？」

「んなわけあるかメーカーに謝ってこい！」

おかしいな、競馬を見に来たはずなのに色物しかいない。というか大気圏突入用ロケットのどこに足があるんだよ。あと罰ゲーム裸踊り営業マンはなんでこんなところにいる。

全裸で涙目の中年営業マンとレーシングカーが並ぶ異様な光景に俺がドン引きしている中、シアンはウキウキとした顔で俺の肩を叩く。

「マスターさんも出場してみてはどうですか？」

「俺は馬じゃねえ！」

「馬鹿なら出場条件満たせますので、九九を間違えれば一発ですよ」

「そりゃこの電脳化の時代に九九間違えたら馬鹿だけど、判定がガバガバすぎるんだよ」

『一二番、そこらへんで捕まえたミドリガメ』

『甲羅《こうら》がついているので馬ですねぇ』

「馬に甲羅はついていない！」

次第に周囲に人が集まってくる。いわゆる闇カジノのような場所であるため、配信禁止、馬券場は現地のみという縛りがあるらしい。人々はこの時代には珍しく紙の馬券を購入し、各々レースを待つ。

「一番人気は五番、罰ゲーム裸踊り営業マンだな……」

「ああ、営業マンの脚は頑丈だからな……」

誰一人裸踊りという点と人間が走っていることに突っ込まない異常にはそろそろ慣れつつあった。まあせっかく来たのに買わないのもあれだろう。とりあえず一二番のそこらへんで捕まえたミドリガメに投票する。頑張れ、オッズ一八九〇倍。どうあがいてもジェットエンジン搭載に勝てるとは思えないけど。

『さあレース開始です、三、二、一、スタート!! 各馬が一斉にスタートを切りました!』

「「「いけぇぇぇ罰ゲーム裸踊り営業マン!!!!」」」

レース開始とともに歓声が上がる。一番賭けられているらしい五番に大きな声援が集まり、俺たちの小さな声がかき消えるようになった。瞬間、シアンは腰をかがめ、こちらに耳打ちを始めた。

「話をする前に、マスターさんは世襲議員についてどれくらいご存知ですか?」

「シゲヒラ家を始め一二の家があって、各家の当主や次期当主が議員として権力を握り、企業の操り人形となる対価として金を得ているんだろう?」

「その各家については?」

「詳しく知らん。なんか金を持ってるけど滅茶苦茶厳格で古臭そう、みたいな話は聞いた。

シゲヒラ家の当主がこの前店に来たアホだってことは調べている」

「なるほど、そういった理解なのですね。それではメス堕ち世襲議員について調べた結果を報告させていただきます」

公安から聞きたくない単語No.1が飛び出す。血税がそんなことに使われてるとか信じたくないんだが。

「もう状況がカオスすぎて混乱してきたよ。で、結果は？」

「流石《さすが》はマスターさん、持っている情報が正確です。シゲヒラ議員が自分用のメイド服を買っている形跡を発見しました。ひらひらで滅茶苦茶可愛《かわい》いやつです。他にもマスターさんの言うメス堕ち、という表現に近いタイプのコンテンツにアクセスしていたようです」

「……だから何だ、って話だよなぁ」

二〇世紀であれば性的倒錯《せいてきとうさく》なんて呼ばれたそれも、別に二三世紀になっては珍しいことではない。ピエールみたいなやつもごまんといて、カオスだけれど社会は成り立っている。

メス堕ちなんて表現は二一世紀基準ですら若干問題視されているワードだったりするからな。堕ちるという表現が良くないとか言われて。そう考えると、メス堕ちという表現を使うことそのものが二三世紀的には奇妙ではある。普通に性転換でいいだろ。

それに女装趣味やそれに類するもの程度、本当にだから何だという話だ。二一世紀では生産性がどうとか騒がれていたけど、今は人工子宮が使えるから自在に人口制御できるし。

そう思っていたが、シアンは暗い顔で首を振った。

「いえ、今回の場合はそれに意味があります」

「?」

「世襲議員というのは、そして世襲議員の家というのは『伝統的』なんですよ」

「……なるほど」

『さあバイオゴリラのキックにより大気圏突入用ロケットが吹き飛ぶ、巻き込まれて営業マンが死んだぁぁぁ!!!!』

「「蘇生《そせい》準備――――!!!」」

歓声と悲鳴が上がる中で、シアンの言葉の意味がようやく分かる。そういえば俺の時代もそういう奴はいた。つまり、

「性の観念が昔ながら、なのか。男は仕事、弱音を吐くな、みたいに」

「そうです。各家の当主、議員となる者はなおさらそれが求められます。彼らが生き延びているのは能力ではなく親の権力と金が理由です。『伝統』にすがらないと精神のよりどころがないのでしょう。そして各家ではそういった伝統を守っているかが何よりも重要視されます。男なら貫禄《かんろく》はあるか、黒い礼服を着こなせているか、もはやその意味を失った儀式の如《ごと》き礼儀作法の数々を覚えているか、などですね」

シアン、お前むしろ伝統守る側なのに辛辣だなぁ。それにあんまりd・isらないでくれ、

俺は二一世紀人間だからお前たちと比べると頭が固いんだ。もしかしたらこんな風に陰口叩かれているかもしれないと思うと恐ろしいよ……。

そして一方でシゲヒラ議員の気持ちが少し分かった気がした。○○であれ、○○であれと言われ続けて何十年。長年の疲れとともに自身の作り上げた表層がひょんなことで剝がれ、本質と向き合うことになる。抑圧されていた人の反動、凄いからな。俺とか小さい頃ゲームを禁止されていたせいで解禁された瞬間に一日中遊ぶようになっちまったからな。

そんなことを思いながら、頭がシアンの話の内容を咀嚼《そしゃく》するごとにその危うさを理解していく。つまりそういった家の中では、性的倒錯はすなわち犯罪に等しく、強く忌避《きひ》される存在なのだ。

『さあジェットエンジンが火を噴いてナチュラルマッチョ二世を追い抜いていく、現在先頭ターボ二四五一号、続いてナチュラルマッチョ二世！』

「お前が言っていいことなのかそれ……。まあ意味が分かった。つまり今回の件は単なる性的倒錯などではなく」

「ええ、当主の座を追われかねない秘密を隠し持っていた、ということなのです。第一四三回日本経済会議にて、強い発言権を持つ議員の一人、シゲヒラ家現当主が」

そういえば今そんな名前の重要な会議をやっていたなー、と思い出す。しかし何とも奇妙な話である。この資本主義全開の時代に生き残る、伝統にしがみつき権力を振るう一族。

いや、彼らは資本主義へうまく適応を果たした、とも言えるのだろう。代償に資本主義より苛烈《かれつ》な伝統主義を自らに課さざるを得なくなっただけで。

これで事件はよりいっそうややこしくなった。爆破された輸送船、持ち出された研究データ、何故か出てくるシゲヒラ議員とその性癖、派閥抗争でまともに機能しないトーキョー・バイオケミカル社。

「なるほど……しかしシゲヒラ議員は俺の店で暴れていたぞ？」

「ですよね、そこが不可解です。だってシゲヒラ議員とマスターさんに関係性はないはずですから。それにメジトーナさんが何故それを知っているのかも分かりません。もし話すのであれば、襲撃犯であるアルタード研究員についての話が出てくるはずなんですよね」

そう、ここが最大の謎だった。メジトーナはあくまで今回の件では末端のはずだ。しかし世襲議員の座を揺るがす情報を持っている。やはりこの事件はアルタード研究員が暴れている、というだけではなさそうだ。

俺たちは首を傾《かし》げる。畜生メジトーナめ、面倒な置き土産を残していきやがって。俺は頭を悩ませながら、シアンに感謝を告げるのであった。


『ゴ――――ル！　勝者はそこらへんで捕まえたミドリガメ！！！』

「どうやってジェットエンジンに勝利したの⁉」

第十六話　交通マナーを守りましょう！

「お、ドエムアサルト」

「あなたですか、ターボチ○ポ野郎さん」

何故それを知っているのかは聞かないことにしよう。クソ腹立つから。目の前のドエムアサルト、本名を知らない変態女はむすっとした表情で乗り合いバスの向かいの席に座る。

競馬が終わった後、俺は乗り合いバスに乗って居酒屋方面に戻ろうとしていた。するとこいつが乗ってきた、というわけだ。

「……お前、服を着ていたら可愛《かわい》いんだな」

「全裸が醜いみたいに言わないでもらえますか!?」

今の彼女は白いパーカーにジーンズと凄《すご》くシンプルな服装をしていた。腰には仕事の道具や成果物などを入れているらしい大きめのバッグをつけている。ドエムアサルトは長い髪を弄《いじ》りながら、静かに窓の外を見つめる。

正直俺たちはそんなに仲良くはない。この前会ったばかりだし便所を奪われた恨《うら》みもある。

　だから二人そろって沈黙の時間を過ごしていた。最近は疲れたな、と思いながら俺も窓の外を眺める。

　この体になってから肉体的なダメージは大体無くなった。その分精神的な疲労、というものを一層感じるようになってしまった。主に頭がぶっ飛んでいる二三世紀キッズどものせいで。全員濃すぎるんだよもっと量産型になれよ。

　さらに明日は懐かしい奴と会わねばならない。ふぅ、と息を吐いて目を閉じ、自分の世界に潜ろうとする。すると乗り合いバスの車内から妙な音声が流れてきた。

『問題です！　ひき逃げするときの注意点は！』

『はい、とどめを刺すことです!!』

『正解！』

「間違いにもほどがあるだろ！」

　流石《さすが》に酷《ひど》すぎるので目を開け、音声の発生源を見る。乗り合いバスのモニターから、時間つぶし用の映像が流れていた。

『特別映像「守ろう！　交通マナー！」』

「そんな交通マナー壊してしまえ！」

　俺の時代にもマナー講師と言われるよく分からない講座をする人はいた。勿論《もちろん》、上流階級のパーティーに行く人や一流の営業マンにとってはとてもありがたい存在だったのかもしれないが、俺たち庶民にとってはよく分からんことを言う人でしかなかった記憶がある。が、この交通マナー講師は酷すぎる。なんだこいつ、と声を上げるとドエムアサルトは俺に文句を言ってくる。

「うるさいですよ、この街では常識です」

「そんな常識あってたまるか」

いや間違ってるのはどう考えてもこの街の常識とやらだろう。そう思ったが彼女は落ち着き払っており、珍しく嫌悪感を浮かべた表情で呟《つぶや》く。

「別に轢《ひ》かれるときは気持ちいいんですけど」

「マゾの感想は聞いていない」

「タイヤから感じる何t《トン》もの面圧を知らないのは人生の半分損してますよ！」

「肉体も半分くらい損傷するだろそれ」

『続いての問題です。交差点で赤信号です、でも渡りたい。どうすれば良いでしょう』

『ロケランで信号機を破壊します！』

『惜しい、正解は銃撃で他の車を牽制《けんせい》する、でした！　マナーをしっかり守りましょう』

「惜しくはないだろ！」

お前ら免許取得時のテストを受けたことあるのか。こんなこと書いてあるわけないだろうが。

『免許を取るときはウインカーがどうこうとかありましたよね』

『政府と警察が勝手に言ってるだけです』

『じゃあ大丈夫ですね！』

「んなわけないだろ！」

あまりにも酷い。そういえば俺はこっちに来てから運転をしていない。走った方が早いことも多かったし。最近の奴らの運転は荒っぽいな、と思っていたが理由は別にあるようだった。

『昨今の運転はほとんど自動運転です。つまり事故が発生すると自動運転のソフト製作会社「ベリーバッド」が訴えられます。そうなるとベリーバッド社は名誉棄損《めいよきそん》と営業妨害と責任の否定を求めて、親会社のトーキョー・バイオケミカル社を巻き込んだ本気の裁判を仕掛けてきます。企業は各々最強の弁護士を揃《そろ》えていますから、こじつ……正確な状況判断を元に、乗車している人間を敗訴に持ち込むわけですね』

『経営者は大企業と揉《も》めている人間を社員に持ちたくないので、偶然解雇や強制的な契約解除が相次いじゃうの、困ります～』

『はい、ですので交通事故が発生する場合はしっかり自分の手で上書きしましょう！　発覚してもその方が被害は少ないです！』

「最悪すぎるだろ」

これもまた企業が生んだ闇だろう。権力が強くなるということはこういうこと。道理が引っ込むのを見るのは嫌なものである。まあこの車みたいな『存在しない車（違法改造及び海賊版ソフト使用）』みたいなものも多いから、そんなイレギュラーとの衝突事故まで責任を負えない、というのはまあその通りなんだけれど。

そしてベリーバッド社はシェア№1の癖に対応も故障率も最悪なことで知られるカス会社である。悪貨は良貨を駆逐する的な理論で他の善良な自動車ソフトメーカーを全て破壊したゴミカス。価格の問題もあり、日本国内で正規の自動運転ソフトを使用する際にはどれだけ嫌でもベリーバッド社の物を使う必要があった。殿様商売の最終進化系である。

「二三世紀、こういうの多いよな」

「本当に、これは嫌いです」

……お、と思う。このドM野郎は主人を奪われる以外の全てを気持ちよく感じるド変態かと思っていたが、案外そうではないらしい。ちょっと興味が湧いたので続きを促してみると、あっさりと吐き出した。

「……私がアルファアサルトを辞めたのは、他でもない身体改造が原因です。幼い頃、両親が事故に遭いました。しかしベリーバッド社からの訴訟を受け、被害者であるにもかかわらず偽計業務妨害罪など数多くの罪をでっちあげられ、私の未来も途絶えました。学者になりたかったんですけど、使い捨ての工作員として生きるしか無くなったんです」

「(その頭で学者？　と言うのはやめておこう……)」

「戦場で生き延びるための身体改造で、私の心は段々おかしくなっていきました。特に感覚器を増やした関係で、本来の人間の何十倍も情報が入ってくるせいで自我が曖昧になるんです。身体改造前の自分と今の自分は同一なのか、どこまでが電気信号でどこまでが実感なのか。どこまでが自分の肉体でどこからが機械なのか」

それらは不死計画でも聞いた単語であった。自我の崩壊。不死を達成するために数多《あまた》の機能を詰め込み、その結果人としての連続性を失う。酷いときには人の形を失い死んでいく。元々人だったのに遺伝子投入の結果、獣の如《ごと》き見た目となった哀れな失敗作たちを、俺は沢山目にした。処分もできず、研究室の中に放置して去ることしかできなかった。

だけどこいつ今元気そうなんだよな。

「そこでご主人様に出会いました！　役割と存在の再認識による固定！　鞭《むち》の新鮮な感覚！　軽蔑した視線！」

「もういいもういい！」

「ターボチ◯ポ野郎さんも今度の第二一四回ドMミーティングに出席しましょう！　自我が回復します！」

「これまでに二一三回もあったの⁉」

「マゾヒストは一人見つけたら一〇〇人います！」

「ゴキブリ⁉」

急に熱く語り出す変態を制止する。いやーでもそんな手があったのか。じゃあ研究員が全員ドS女王様だったら他の実験体たちは生き延びていたりしたのかもしれないなぁ。

……イメージするだけで吐き気がしてきた、やっぱこいつがおかしいだけです。

そしてドエムアサルトの言うことに実は多少覚えがある。俺が転生してから数秒の間は凄《すさ》まじい情報量と違和感で吐きそうだった。えいや、とねじ伏せてからは一切そんな感覚は発生しなくなったけれど。

「でも自我の崩壊のきつさはちょっと分かるし、ベリーバッド社がクソなのにも同意だな」

「分かってもらえますか！　本当に天罰でも下って欲しいですよね！」

一切理解不能なド変態の類《たぐい》かと思っていたが、意外なところで共通点があるものだ。アヤメちゃんがいないにもかかわらず、俺たち二人は声を弾ませて愚痴を言い始めるのであった。

翌日の話である。ドエムアサルトからメッセージが届く。そういや昨日連絡先交換したな、と思っていたら一枚のネットニュースの切り抜きが添えられていた。

『シゲヒラ議員の乗用車、自動運転中にミドリガメと激突し大破！　シゲヒラ議員はマッハ二で走るミドリガメを想定していないベリーバッド社に責任を問うべく訴訟を……』

そんな理由で訴えられるのは流石に可哀想《かわいそう》だろ。

第十七話　博士襲来！

「人間はもっと美しくあるべきなのだ！」

「具体的には？」

「手が二六本、足が一本！」

「それは人間じゃないな」

競馬の翌日の昼、俺の店に客が来ていた。白衣を着た背の低い女は席に座り、「分かってないのだ！」と憤慨したような表情になる。赤い短髪と気の強そうな瞳、そして換装した綺麗《きれい》な肌を持つこの女は、つまり研究者だった。『不死計画』の。

「そもそもお前は年下、私を敬うのだ！」

「のだのだ言ってるマッドサイエンティストはちょっと尊敬に値しないですね」

「何を！　私の研究は尊敬すべきものばかりなのだ！」

「じゃあやってる研究教えて」

「高圧縮おならガス利用型嗅覚探知無効化装置！」

「真面目に不真面目だな」

俺が博士と呼ぶこの女、研究能力は冗談抜きに世界最高クラスなのだが俺という最高傑作にして大問題作を生み出してしまった結果、左遷《させん》されてしまったのだ。まあこいつは他人の命を何とも思わないカスそのものなので、これくらいのしょうもない研究をしてくれていた方が世のためになりそうだが。そう思いながら俺は昼から生マグロの漬け丼を食べ始める。いやーやっぱこれが一番うめぇんだよなぁ！

こいつには酷《ひど》い目に遭わされた（主に仲間が）のでお冷の一つも出してやらない。代わりに目の前で美味《うま》いものを食べて嫌がらせをしようと思ったのだが……とくに羨ましそうじゃない。クソ、これだから二三世紀キッズの味覚は！

だが高級そうだということは伝わったらしい。博士は少し首を傾《かし》げる。

「随分と贅沢《ぜいたく》なのだ」

「臨時収入があってな」

「こんな寂《さび》れているのに？　お前、それだけの性能があるのに商才だけはカケラもないのだ。あとお通しはないのだ？」

「うるせえ！　あとてめぇに出す料理はない！」

「居酒屋としてそれはどうかと思うのだ。あんまり開店してないみたいだし……」

「偉そうに言いやがって、お前は自分が実験に使った人間の数を覚えているのか？」

「何ダースだったか忘れたのだ……」

「単位に倫理観が無さすぎる！」

　最近きちんと居酒屋をできてない自覚は確かにある。でもそもそもこの店、客があんまりこないからそれ以前の話なんだよな。まずは客を入れるために宣伝から始めなければなるまい。誰かいい売り子でも捕まえたい所だが。

　チューザちゃんは接客業そこまで好きじゃ無さそうなのがなぁ。ヒラヒラの服着てお客様に笑顔で接することに快感を覚える人いないかなぁ、と思っていると頭の中に「メス堕《お》ち世襲議員」というワードが浮かんでくる。……やめろ、ヒラヒラ着るのが好きだったとしてもあの中年腹で女装は勘弁してくれ。いや今時そういうのはあれなんだろうけど、俺の感覚は未《いま》だに二一世紀なんだよ。

　一人居酒屋経営の今後に苦悩はするが、それはそれとしてこいつは今日、一人で来てはいなかった。背後には一人と一つの蠢《うごめ》く物体がある。

「それでお前の背後にいる奴は誰だ？」

　博士の後ろには二足歩行する医療用ベッドに括《くく》り付《つ》けられて恐怖の表情を浮かべる一人の男がいる。緑のサンバイザーが特徴的な男は、声を震わせながら叫ぶ。

「お、俺をどうする気ダ！」

「ルーレットで身体改造を決めようと思ったのだ」

「ルーレットで!?」

「お前も案を出すのだ」

「嫌だ、変な身体改造だけはやめてくレ!!」

最悪なワードが飛び出てくる。そんなノリで身体改造しちゃ駄目だろ。昨日ドエムアサルトの自我崩壊した話を聞いた後でそれは賛成できない。と思ったがまあ別に良いか。こいつの腕は超一流だし、そこらへんも上手くやるでしょ。

博士は絶望した表情のサンバイザーの男を人差し指でつんつんとつつく。

「ジャックという、一応護衛なのだ」

「護衛を勝手に改造するの駄目だろ普通に……」

「護衛依頼の際に契約書に記載しているのだ。如何《いか》なる身体改造をされても文句を言いません、と」

「じゃあ仕方ないな」

「んなわけあるか、あんな小さい字で書いといテ! 顕微鏡でしか見えないだろウ!」

サンバイザーの男を無視しながら、博士は白衣の奥から一二個の数字が書かれたアナログゲーム用のルーレットと紙をとり出した。まあせっかくだし付き合ってやるか、と俺もペンをとり出す。

そんなことをしながら、俺は今日の要件を切り出した。

「アルタード研究員、奴の試していた不死計画のプランを知りたい。それとルーレットの一番はアタリにしたいから……ロケラン追加で」

不死計画には様々なプランがある。俺の出身であるBプランでアルタード研究員らしき者の顔を見た記憶はない。つまりバイオ系とは若干アプローチが異なるはずなのだ。

そしてルーレットの中身を聞きジャックと呼ばれたサンバイザーの男の表情が明るくなる。ロケラン追加はそこそこ高いからな。無料でできればそれに越したことはない。

「アルタードの名は聞いたことがあるのだ。過剰な身体改造が特徴の男なのだ。奴は確かMプラン。機械化による不死を目指したグループなのだ。ところで不死計画についての概要は知っているのだ？　あ、二番は膝関節増加なのだ。腰、膝、膝、足になるから身長三〇㎝アップなのだ！」

唐突に異形化の選択肢を提示されサンバイザーの男の表情が青ざめていく。大丈夫、ロケラン追加と同じ確率だから。でも膝が一個増えると凄《すご》いスタイルになるぞ、モデル体型どころの話じゃねえ。あだ名は足キリンとかになるんじゃなかろうか。

「不死計画については知っているさ。金持ちや企業上層部が不死を目指すために様々な方向から不死を生み出そうと研究した実験。トーキョー・バイオケミカル社とオーサカ・テクノウェポン社の二社が珍しく手を取り合った事業だ。お前は『龍』を創ろうとした。だが結果として金を無駄に浪費し、挙句《あげく》の果てに俺を生み出したせいで全計画中止、と聞いている。三つ目は狙撃用視覚強化、かな」

「店主さん、あんた天使なのカ……⁉」

「正解なのだ。あ、四つ目は超ロングでべそ、なのだ」

「悪魔もいル……！」

まあ不死計画なんてどこにでもあった話だ。二一世紀でもたくさん研究されていたし。

だが問題はそれに際して数多《あまた》の人間の命を浪費したことだった。いくら倫理観が違うと言い訳しようにも、数えきれない死者の前では無意味だ。検体を輸入したときの話とかマジで地獄だったからな。

後ろでサンバイザーを付けた男の顔がどんどん青くなり、暴れ始めるが二足歩行医療用ベッドはびくともしないし博士も平然としている。そのベッドなんなんだよ、というかどうして二足歩行してるんだ。

博士はしばらく考え込み、指を一本立てる。

「機械化について簡単に説明するのだ。アルタード研究員の関わっていた件は、主に完全電脳化なのだ」

「完全？」

「四五二七号は、自我がどこにあると思う？」

「魂、かな」

「四五二七号はそうかもしれないけど、普通は脳なのだ。理論上、脳を完全に電脳化し、自我をコンピューター上に移すことができれば不死が達成できるのだ。肉体という器から解き放たれ、無限の生を謳歌《おうか》できる。五つ目はアゴブレードなのだ！」

「異形化が止まらなイ！！！」

博士の悪趣味さが出てきたのはさておくとして、俺はマグロを食べるのをやめて自分の無精髭《ぶしょうひげ》を弄《いじ》る。これやると落ち着くんだよな、ざらざらしてて。しばらくそうしていると思考がまとまってきた。

博士の言う理論は分からないでもない。問題はそこではなく、つまり何故今回の事件が起きたか、であった。繋《つな》がらない点と点がある。

なぜやたらとシゲヒラ議員がでしゃばってくるのか。何故メジトーナはあんな言葉を残したのか。単にアルタード研究員の機密情報盗難だけなのだとしたら出てくる情報が不可解だ。

だから俺は、一つの推論を立てていた。

「メス堕ち世襲議員はアルタード研究員だ」

「情報量の多さで頭がバグってるのだ。そうとしか思えないのだ」

何言ってんだこいつ、と博士はこっちを見つめる。いや、俺も何を言っているか分からないんだよ。でもこれが成り立てば全ての理屈が通ってくる。

今逃走しているアルタード研究員の中身はシゲヒラ議員。そしてこの前来店したカス客のシゲヒラ議員の中身がアルタード研究員なのだ。

つまり何故シゲヒラ議員が俺に対して突っかかってきたか。その答えが「アルタード研究員自身が参画していた『不死計画』を潰されたから」であると仮定すれば、ある程度筋が見えてくる。シゲヒラ議員自身は俺に恨《うら》みがなくとも、中身が恨んでいればあの行動も納得だ。

完全電脳化とは、肉体の枷《かせ》から解き放たれる技術なのだから。

「もう一個。今朝シゲヒラ議員が衝突事故を起こし、ベリーバッド社を訴えたというニュースがあっただろ？」

「……なるほどなのだ」

「今は日本経済会議の真《ま》っ只中《ただなか》だ。ベリーバッド社への訴訟は世襲議員という企業の操り人形の動きとしては相応《ふさわ》しくない。何故ならベリーバッド社の親会社であるトーキョー・バイオケミカル社こそが、シゲヒラ議員の最大の後ろ盾なのだから」

今朝発表された自動車事故のニュースがその推論を裏付ける。普通であればシゲヒラ議員が訴訟してしまうと下手すれば議員としての立場だけでなく、命すら危うい。選択肢に入ることなどありえない。

にもかかわらず訴訟に踏み切った。その理由の一つとしてまともな判断ができない状況にある、つまりシゲヒラ議員がシゲヒラ議員でなく、別の人間になってしまった可能性が挙げられる。

「さらに言うとメジトーナ、間接的に逃走の手助けをしてしまった女なんだが、そいつが『メス堕ち世襲議員』とか言い出していてな。そんなことを言う理由を考えたときに、逃走したのがアルタード研究員ではなく中身がシゲヒラ議員であれば説明がつくと思ってな」

「推論ばかりなのだ」

「ああ、だからそれを確定させる術《すべ》が知りたい」

博士と俺は睨《にら》みあう。しばらくしたあと、「契約違反だから隠してくれなのだ！」と言いながら彼女はポケットから数多の道具を出しテーブルに散らかす。ごそごそとその中から一つを見つけ、俺に手渡した。側面に記載されている文字は「金属探知機ｖｅｒ３・６５」。

「スーパーで売ってそうな名前だな」

「違う、私の作った３・６５は対人特化なのだ！　つまり人に向かってスキャンを行ったときに、どの部位がどれだけ改造されているかが分かる仕様なのだ！」

「なるほど、そしてアルタード研究員の手法で『不死計画』を試した場合」

「そう、脳は機械に置き換えられている、もしくは大きく改造されている可能性が高いのだ」

これで希望が見えてきた。シゲヒラ議員本人や怪しい奴に対してこの装置を使用すれば、脳の改造率が見える。異常な高さであれば、『不死計画』プランMの利用者である可能性が一気に高まる。

そう考えていると、トーキョー・バイオケミカル社が彼を追う理由にも少し説明がついた。つまり、『不死計画』の機密情報の一つが、彼自身そのものなのだ。施術したらどのような影響がでるのか、そこも含めてトーキョー・バイオケミカル社は手に入れたいのだ。

加えてもう一つ、電磁浮遊式輸送船爆破という極めて大きな事件を起こした理由にも説明がつく。単に機密情報を盗んで逃げるだけでなく、シゲヒラ議員（アルタード研究員の体）に目を向けさせてアルタード研究員（シゲヒラ議員の体）から注意を逸《そ》らすためだ。

「私としても『不死計画』をまだ続けようとする奴がいるのは困るのだ。仮に表沙汰《おもてざた》になれば、左遷で済んでいた処分がさらに悪化するのだ」

「死刑にされても文句は言えないと思うけどな」

まあ有用な情報を出してくれたので、博士にお冷を特別に出してあげながら考える。シゲヒラ世襲議員が行く次の場所は。

「……チ◯ポをランバーに売ったということは、部品を換装して女の体にしている可能性があるな。じゃあそういうのに詳しい場所を聞いてみるか」

身体改造の闇市について詳しいのは一番がメジトーナ、二番がランバーだ。俺は博士にお冷を飲んだらとっとと出ていけ、と合図をしながらランバーにメッセージを送るのであった。

第十八話
コミュニケーションに正解はないはず

「それならおっパブ行こうぜ！」

やっぱこいつ以外に頼むべきだったかもしれん、とため息をつく俺の肩をランバーが優しく叩《たた》く。

「なんでメス堕《お》ち世襲議員を探すのにおっパブなんだよ。俺そういう店苦手なんだけど。金払って知らない奴とコミュニケーション取るとかなんの罰ゲームだよ」

「電子ドラッグ愛好家みたいなこと言うなよマスター」

「うっせーこっちにも色々あるの」

翌日。ランバーに誘われて俺は夜の繁華街に向かっていた。お目当てはランバーの紹介する店。……なのだが、俺はあまり興味が無かった。

というのも、昔行った店が原因の一つだ。当時ちょっとだけ牙統《がとう》組と揉《も》めてたせいで店員から完全に化け物扱いされ、それが若干トラウマなのだ。女の子が涙目で震えながら隣に座ってきて、マジ嫌な気分だったからな……。当時はまだ牙統組の支部をロードローラーでひき潰しただけだったのに、過剰反応すぎる。

それが初めての夜の店だったこともあり、それ以来俺は夜の繁華街へ近づかなくなってしまったのだ。前世では仕事が忙しくて行けなかったのが悔やまれる。そんなわけでそこまで興味が無かったのだがランバーの言葉を受けてハッとする。

「まあまあ、情報が得られる確率はそこそこ高いと思うぜ。それに参考になる。電子ドラッグや仮想現実が盛んになった今、こういう類《たぐい》の店が残るのには理由があるのさ」

「確かにそうかもしれないな……」

「商売はコミュニケーションだろ？　相手の需要と関心を捉えて、的確に供給することが必要ってビジネス書には書いてあったぜ」

俺は今まで、居酒屋を適当に経営してしまっていた。研究所を抜け出す際のごたごたで分捕《ぶんど》った金があるから稼ぐ必要は無いし、土地代もタダ。だから売上いくらなどという目的もなく、それっぽい形になればいいやと思ってしまっていた。

だから客への対応も適当になっていた。居酒屋ではなく俺の拠点（友人が来るのもOK！）みたいな存在になってしまっていたというか。思えば客は、俺の能力目当てで来ている者も少なくない。シアンとかは明らかに監視の目が無くなるからだし。公安は大変だね……。

「客視点から色々学ぶ必要があるか」

「今更すぎるだろ。マスター、能力は幅広いのに視野が狭すぎるな……。居酒屋の客も料理のレパートリーも少ない。シンプルに地味なんだよな」

「言うじゃねえか、証拠はあるのか？」

「この作品、タイトルの癖に居酒屋回が少なすぎるだろ？」

「何言ってるか意味分かんねえけどグサッときたぞ！」

今まで俺は二三世紀キッズの心に配慮せず、二一世紀のノリを押し込み続けてしまった。となればここで学ぶべきは二三世紀キッズの歓待方法。

「今日は学ぶ、そして作るぜ皆が笑顔になる居酒屋を！」

「お、見えたぞマスター。あの立体機動乳首が目印だ」

「なんて？？？？？」

意味が分からない単語に数秒固まる。そして視線の先で本当に立体起動しているそれを見つける。すげえ、ワイヤーとガス噴射で手足の生えた乳首が立体機動してやがる……！

「ってなんでだよ！　乳首は立体機動しねえだろ！」

「現実を見ろマスター。あと、これには深い意味があってだな」

「どこにあるんだよ！　店前にこんなの飛び回っていたら入りたくねえよ！」

「素早い動きで飛んでいるものを見ると、つい目で追ってしまうだろう？　単に置いておくだけではなく、立体機動することで通常の看板より店をアピールすることができる。いいか、目に留まらなければ入店するしない以前、味の良し悪し以前の段階で終わってしまうんだぞ」

ランバーが伊達《だて》メガネをかけて講義を始める。理屈を付けて言われてしまうと、何も言い返せねえ……！　確かに俺の店の前は赤い暖簾《のれん》一つだけ。あんなのじゃ目にも留まらないしついスルーしてしまう。いくら俺が最高のサーモンを用意したとしても、それじゃあ食べてくれるわけなどない、俺の店は立体機動乳首に負けてしまっているのか……！

「いやちょっと待て立体機動乳首に負けるって何だよ」

「さあマスター、店に入ろうぜ！」

俺の呟《つぶや》きを無視し、ランバーは店の扉に近づいていく。店は一見普通のカフェのような造りをしているが、やたらと明かりが灯《とも》っておりけばけばしい。俺たちは立体機動乳首の間をくぐり抜けて進んでいく。確かにこれなら昼は普通の店に偽装できるし夜は一気に華やかにすることで何の店か一目で分かる。見習って俺も店の前に納豆をたくさんまき散らしておくべきかもしれない。

そして扉を開けると、ぽんと俺の腕に柔らかいものが当たる。下を見ると背の低いメイド服を着た女性が、俺の至近距離に立っていた。

「あらランバーさんと、そちらは新規の方ね、いらっしゃい」

するり、と俺は腕を摑《つか》まれる。う、上手い。この状況で「やっぱいいです」とは滅茶苦茶言いにくい。これではもう入店してしまうしかないじゃないか。思えば俺の店でも一瞬だけ中を覗《のぞ》き、すぐに出て行った客がちらほらいた。それはつまり中を見て、「やっぱいいや」となる隙を与えてしまったからとも言える。そうやって初めの一人が入らず、がらんとした店が持続していたのだから。

「嘘《うそ》だろ、学びが多すぎる……立体機動乳首なのに……」

「また来たぜ、ナナちゃんとミーちゃん呼んでくれや」

「はいは～い。二名様ご来店で～す」

俺の腕を掴んだメイドさんはそのまま店内に俺たちを引っ張っていく。店内はカジュアルな装いで、埃《ほこり》の類はほとんどない。各個室は高い仕切りで覆われており、防音設備も相まって話の内容は聞こえないが笑い声だけは響いていた。

案内された席は丸テーブルのある個室だ。テーブルの上には甘そうな菓子が山積みになっている。俺とランバーが向かい合って座っていると、すぐに二人の女の子がやってくる。どちらも露出度の高い服を着た成人女性だ。……とはいっても俺の精神年齢よりは若いんだけれど。

「いらっしゃいランバーちゃん」
「来たぜナナちゃん！　こいつは金も権力も持っているくせに全然遊ばない脳みそ二一世紀堅物おじさんのマスター……えっと、本名は」

「前の名前をこんなところで公開したくないし……じゃあ製造番号の四五二七号で」

「製造番号⁉」

そんな話をしながらこの店のルールを簡単に説明してくれる。曰《いわ》く、お触りNG、女の子から手を出すのはOKというのがこの店のスタイルらしい。俺の上司から聞いた話とだいぶ違うな、と思っているとどうやらそれにも理由があるらしかった。

「つまり差別化、ね」

「単に触覚とかを味わいたいだけなら仮想現実の方が安いし過激だろ。今時こういう店に来る層はAIとかじゃなくてリアルの女の子との駆け引きとスケベを楽しみたいわけだ。客から触りにいけたら興ざめだ」

「ふーむ」

ちらっと席の端においてあるメニュー表を見るとそこに書かれている価格は確かに高いが、そこらへんの一般人でも背伸びすれば届く範囲だ。提供可能な価値と顧客の払える金額を上手く見極めた価格設定と言えるだろう。

「俺、原材料の価格しか考えてなかったな……」

本当に学ぶべきことが多い。こんな店はスケベなおっさんから巻き上げるだけ、なんて思ってしまっていたがなるほど色々考えてある。電脳化の時代に逆らった実店舗なのに利益を上げているのには勿論《もちろん》理由があるわけだ。

と、それはそれとして。

「ナナちゃん頼むよ～」

「どうしよっかな、一本くれたら考えるけど」

ランバーたちは楽しそうにしているが、俺はいまいちこの空気に乗れていなかった。だってこういう場だとしても性欲丸出しにするのなんか恥ずかしいじゃん。暗黒街では普通だとしても二一世紀生まれとしてはそんな簡単にマインドセットできねえよ。営業職とかだったらこういう経験あったかもしれないけど、俺の周囲にこういう遊びしてる同期はほぼほぼいなかったからなぁ。

前世を思い出しそう途方に暮れていると、俺の隣に座った女の子が笑みを浮かべる。

「お兄さん、初回入店キャンペーンとして飲み比べをしませんか？　お兄さんが勝ったら今日のお代はタダ、負けてもこっちはサービスしてあげますよ～」

ただでさえ露出度の高い服をはだけさせて女の子はアピールしてくる。これも賢い。共通の話題が無ければ簡単なゲームをして作り出す。ついでに酔わせることで気分を良くさせ、コミュニケーションを取りやすくする。とりあえず提案に乗るか、と思い俺は頷《うなず》くのであった。


一時間後。

「ば、化け物だ……」

「嘘だろ、ウォッカが麦茶の如《ごと》く……」

「あれがシックスヘッドシャーク、肝臓も六つあるのか……？」

女の子はすでに酔いつぶれて寝てしまっている。実はあの子、肝臓を改造しておりアルコール耐性が高いらしい。まあ毒物完全無効の俺にとってはただの下位互換、瞬殺である。

あまりの飲みっぷりに個室の隙間から覗き込む観客まで出現する始末だった。

「ふぅ、いい勝負だった」

「ひひゃへふうふ……Zｚｚｚｚｚｚｚ」

「マスター、蹂躙《じゅうりん》の間違いだぞ」

この店最後のウォッカを飲み干し、ふぅと酒臭くない息を吐く。もう分解されてるからね。トイレにはさっき行ったからしばらく大丈夫だし、とまったり席に座る。意外と楽しんでしまったな。飲み比べをするときも当然無言ではなく酒についてトークが弾んだし、想像とはだいぶ違った。

ただそれでも、酔わないせいかどうしても「金をいただいているから愛想よくします」という裏が透けてしまって、最後までこの空気に慣れることができなかった。俺は感覚器をとんでもないレベルまで拡張できるからな、変な所に気づいてしまうときがある。例えば愛想笑いとか。

「マスター、楽しんだか？　オレは最高だったぜ！」

が、暗黒街慣れしていてこういう機微に敏感なはずのランバーは全身全霊で楽しんでいるようであった。コミュニケーションとは難しいものだ。あいつにとっては最高の歓待が、俺にとっては七五点。物事は受け取り手によって評価が大きく異なるのだ。

それはさておき、接客業として学べることは多かったな、と酒瓶を片付けていると個室の向こうで観客が散っていくのが見える。その後扉がコンコンと叩かれ、見覚えのある姿が現れた。

「ピエールか」

「九本目到着よ、随分荒らしてくれたわね」

「え、ランバーさんはダブルでピエール支配人は一本だから……四五二七号さんは六本あるんですか！」

「ねえよ！　今は一本！」

「「可変型!?」」

今は支配人としての立場らしく、ぴしっとスーツを着込み俺に頭を下げてくる。こいつ仕事に関してはプロフェッショナルなんだよな。そこについては本当に信用できる。

「お前の店だったとは知らなかったぜ。凄《すご》く勉強になった」

「ドラゴンちゃんには全て教えたはずなのだけれど、忘れられていたようで悲しいわ」

「マスターは鶏だからな」

「三歩じゃ忘れねえよ。それに知識が知恵に変わるのには時間がかかるだろ」

「あらいいこと言うじゃない。その口で女の子を口説けばよかったのに」

凄い辛辣なことを言われてしまう。二一世紀、少子化の時代の人間だからそういうのに慣れてなくても仕方ねえだろ。それにこっちに来てからは近づいてくる女が概《おおむ》ね地雷だから磨く暇も無かったんだよ。

と、それはさておくとして。わざわざピエールが出てくるということは理由があるはずだ。ランバーの方を見るとウインクしてきやがる。ウゼエ。でも手配してくれたのはマジ感謝。

「うっせえ。で、用件は何だ」

「この店は性質上、問題を抱えた子が流れ着いてくることが多いの。ドラゴンちゃんが珍しくこういう店に足を運ぶのはそういうことかと思って」

そう言いながらピエールは背後に立つ一人の少女を紹介してくる。背は低いが胸の大きい可愛《かわい》らしい少女だった。金髪碧眼《へきがん》でお人形みたい、という表現が近い。事実身体改造をかなりしているのか露出している部分にちらほら接続部の線が見える。

「わたしはわしはひーらおと肉体改kiaertg@ogarewpjimargafa」

そして彼女は虚ろな目で宙を見つめていた。体は時たま痙攣《けいれん》を繰り返し、腕は小刻みに奇妙な方向へ動いていく。ピエールが背中を支えているから辛うじて立っている、という様相だった。

「……自我崩壊、か」

俺は、この現象を知っている。

「ええ。ランバーちゃんから『数日で滅茶苦茶身体改造したメス堕ち世襲議員知らん？』と聞かれてね。探してみたら一人、過度な身体改造で駄目になった娘がいてね。しかもベースボディは男なのに性器含め全て換装済み。これは訳アリね、と思って紹介したわけ」

「完璧だぜピエール。そして本当に女になってたんだなこいつ。見つからないわけだぜ」

……思えば、当然の話だった。仮説が正しければ、アルタード研究員と肉体を入れ替えたことになる。そうすればそもそも本来の自分の肉体との齟齬《そご》が凄《すさ》まじいことになるはずだ。加えて、体をさらに女性のものに組み替えようとすれば猶更《なおさら》それは加速する。

俺は博士から渡された探知機を起動し、ため息をついた。脳の改造率七二％。すなわち、

「こいつが本物だ」

俺とランバーは頷き、そして戸惑《とまど》う。目の前にはいまだに訳の分からない文字列を呟き

続けるメス堕ち世襲議員。見た目は完全に美少女なのに中身が残念すぎるし、壊れているから何も情報が得られない。

なるほどいつになっても見つからないはずだ。まさか機密情報を抱えて逃走したアルタード研究員（ｉｎシゲヒラ議員）が全身を女に換装した挙句《あげく》、既に精神が壊れていて何もせずに街の端で打ち捨てられている、なんて誰一人想像もしなかったのだろう。

「この娘、ご飯を食べさせてあげようとしても吐いちゃうのよね」

「ピエール支配人に言われて優しく声掛けとかしても、全然戻らないんです。肉体と精神がずれすぎて、もうどうしようもなくて」

「精神は肉体に引っ張られるからなぁ。おうしランバー兄ちゃんが来たから大丈夫だぞ！」

「わたしわしわたしわしわたしわしわたしわしわたしわしkewagra3wfrewgg3r」

ランバーが猫撫《ねこな》で声《ごえ》を出すが、まあ当然の如くスルーされる。皆こんなに優しく親身に対応してくれているのに、どうしてと思っていると一つだけ思い出したワードがあった。

これが正しいかは分からない。まあでもやってみるだけならタダだ。どうせ壊れているしいいでしょ、と思い俺は目の前の少女を蹴飛ばす。

「何してるマスター!?」

「黙って見てろ。おい、中年腹メイド服購入脂《あぶら》まみれ禿《はげ》ジジイ、とっとと立って酒を注げ。

聞いてんのかメス堕ち変態世襲議員。蹴ってくださりありがとうございました、と言えよ」

アヤメちゃんをイメージして冷たく、蔑《さげす》んだ目で腹を抱えて蹲《うずくま》る少女を見る。すると、劇的な変化があった。

初めは痛みを堪《こら》えるような動作だったが、すぐに無限に続いていた呟きが止まった。目の焦点が合い、腕の不規則な動きが止まる。

そして頬が赤色に染まった。目がこちらを捉え、彼女の手が伸びてくる。彼女は人間と人形の中間の如き、相当金をかけたらしい整った顔を俺に近づけ、震えながら声を出す。

「なんじゃこの、新しい感覚は……？」

「やべ、ミスった」

コミュニケーションとは難しい。思わぬ所でクリティカルを出してしまう。

「凄いわね、元の名を呼び続けると効果があるとか噂《うわさ》は聞くけど、まさか一撃だなんて」

「え、メス堕ち世襲議員って……」

「ナナちゃん、世の中には知らない方がいいことがあるんだぜ……」

とりあえず俺は知り合いの技師に連絡してシゲヒラ議員っぽい換装パーツの見積もりをお願いするのであった。とっととオスに戻れや変態議員！　あとその開拓された性癖についてはドエムアサルトにでも専門店紹介してもらえ！

第十九話　増えるぜ変態！

「別の自分に、なりたくないか？」

トーキョー・バイオケミカル社との会談の帰り道、シゲヒラ議員の耳元にそうささやいた男がいた。シゲヒラ議員はぎくりとし、背後を見ようとする。だがそれは制止された。

「私が誰かを知る必要は無い。ただ大事なのは、私の肉体がありとあらゆるものに換装可能であること。どんな姿でも、どんな能力者にでもなれる。脳と立場はそのままだが」

その言葉はシゲヒラ議員に深く突き刺さった。毎日のように来る企業からの圧力、金にたかる蛆虫共《うじむしども》、周囲からの嫌悪の目。儂《わし》は企業と国を繋《つな》ぐ大事な役目を担っておる。資本主義に負けず伝統を貫く偉大な一族だ。

そう思っていても精神への負荷は自身の秘めたる……。

「ようは女になりたくて肉体換装したかったたってことだろ。ひらひらの服を着れた感想は？」

「最高じゃ！」

「駄目だまるで反省していないぞこいつ」

あれから数時間後、俺たちはシゲヒラ議員（美少女の姿）を居酒屋『郷《ごう》』に持ち帰っていた。ひらひらの服ごと。

「なあマスター、こんな奴は存在価値ないって。世襲議員だぜ世襲議員」

「二三世紀キッズ、それは偏見がすぎるぞ」

「罵倒《ばとう》最高なのじゃ♡」

「……やっぱ前言撤回」

ランバーにそう言われた瞬間気持ちの悪い表情でシゲヒラ議員は座り込む。外見はマジで金髪超絶美少女なんだよな。中身がメス堕《お》ち世襲議員なだけで。

結局あのあと、シゲヒラ議員は自我の回復に成功した。ただし唯一の問題点はパーフェクトコミュニケーションすぎたこと。あっという間にこの変態はドエムアサルトと同じ道を辿《たど》ってしまったのだ。こんな濃いキャラ二人もいらないから出て行って欲しいんだけど。あと♡を語尾につけるなマジでキモイ。……と言いたいが、ランバーはここについてはそこまで気持ち悪がっていなかった。いや、面白がったりネタにしてはいるのだが、二三世紀の人間からすれば一般性癖なのだろう。俺が普通の女性が好きなように、肉体換装済ドM野郎もまたありふれたものなのだ。

「二三世紀基準に合わせて、弄《いじ》るのはやめるべきか」

「駄目だ、儂への遠慮は要らぬ！　罵《ののし》って欲しいのじゃ！！！　儂を変態と詰《なじ》れ！！！」

「マスター、過剰な配慮は逆効果だぜ。腫れ物みたいに扱うのだけは駄目だ。それに本人の希望もある。やーい変態クソ親父～」

シゲヒラ議員本人は大層ご満悦なようで、ランバーに親指を立てている。うーん、二一世紀的にはアレだけど、本人の言う通り変な配慮はしない方が良いのかもしれない。

「自己認識の問題もあるのじゃ。今は安定しているが、いつまた自分の連続性が失われるか分からない恐怖がある。……罵って欲しいのじゃ」

……シゲヒラ議員が言うことは紛《まぎ》れもない正論だった。非常に残念ながら、こういった発言は自身の連続性を認識しなおし自我崩壊を防ぐ要因になりうる。それなら一括《ひとくく》りにして腫れ物扱いするより、適度に弄るくらいの方が良いのだろう。

それに今、こいつが一般的なイメージと異なり俺たちに対して抵抗しないのもこのあたりが理由なのだろう。二三世紀の世襲議員、くっそプライド高くて嫌味なイメージなんだよな。多分性癖で中和されてるっぽい。

それはさておくとして、俺たちは今とてつもない問題に突き当たっていた。

「出てくる情報が大したことない……」

「アルタード研究員がやっぱり黒幕で、一方こいつはマジで肉体を明け渡しただけのアホだったしな」

「しかも意識交換の影響で、記憶も若干抜けてるっぽい。こんだけ頑張って追いかけたのによ……」

そう、最悪なことにこいつ自身は欠片《かけら》も情報を持っていなかったのだ。こいつはアルタード研究員が事前に用意した通りのルートで逃走し、用意されたルートでピエールの店周辺に辿りついた。言い替えればこいつがしたことなんて、アルタード研究員の計画に頷《うなず》いて脳を入れ替えたくらいだ。

そりゃアルタード研究員が暗黒街にシゲヒラ議員を逃がすわけだ。だってマジで価値ないもん。そんなわけで重要参考人を捕まえたけれどマジで何一つ進展がない。何だったんだ今までの時間は。

ただ一方で俺がするべきことは明らかになった。

そう、事件など些細《ささい》なことだ。俺は居酒屋を経営する身、つまりやるべきことはこの店の改善なのだ！　閑古鳥が鳴くこの店ではあるが、幸いおっパブにてヒントは摑《つか》んだ。俺はシゲヒラ議員を指さしながら宣言する。

「今日からお前はこの店の看板メス堕ち世襲議員だ！」

「看板……娘じゃと！」

「しれっと変換したなこいつ」

「お前が今抱えている最大の負債！　それは特に被害を受けたメジトーナへの弁済！」

「マスター、それはアルタード研究員のせいだろ」

「いや、義理の話だ。お前、取引相手が自分を銃撃したグループの一人を仲間にしてたら嫌だろ？　けじめはつけねえと」

「それはそうだけどよ。それにこいつ一応他組織から狙われてんじゃねえのか」

「だから社会保険料として給料は減額だ。さあ働け低賃金世襲議員……！」

ランバーはまだしっくりこないようだったが、そんなのは無視してシゲヒラ議員に俺は広告のビラを持たせた。

シゲヒラ議員自身は作り物の整った顔にぱぁっと笑みを浮かべる。こいつとしては放り出されてよく分からん組織に回収されて分解、それが最悪のバッドエンドだ。俺の店の従業員として雇われるなら、ある程度生存は保証される。『龍』についてはアルタード研究員から話を聞いているだろうしな。

つまりこの状況はｗｉｎ－ｗｉｎなのだ。俺は低賃金で働く変態議員を手に入れ、肉体換装議員は一先《ひとま》ず安住の地を得る。

「俺の店に足りないのは華だ。中身はさておきお前の見た目は超一流。良いか、お前の役目はただ一つ。この店を栄えさせることだ……！」


翌日夕方。

「新規のお客様二名ご来店なのじゃ！」

「う、嘘《うそ》だろ。やるじゃねえか肉体交換メス堕ち看板ドM世襲議員の野郎娘……！」

「ランバー、混乱しすぎだ」

俺は感動しながらコロッケを揚げ続ける。いつの間にか店内には八名ほどの客が入っており、各々個室にて会話に花を咲かせている。この店の個室、客が来ないからずっと使われないままだったんだけど遂《つい》に使われるなんて感激しかない……！

シゲヒラ議員はどこで鍛えたのか謎の接客技術で道行く人の腕を掴み、あれよあれよという間に彼らを店内に入れてしまう。すげえ、ここら辺の人通りはカスなのにこんだけ集めるなんて、流石《さすが》は世襲議員。企業との交渉を成し遂げてきただけのことはある！

「お待たせしました、コロッケ四つと合成酒、それにランダム珍味なのじゃ！」

客を席につかせたかと思うとシゲヒラ議員はすぐにお盆を持ち、他の客席に料理を運んでいく。媚《こび》を感じさせない、しかし親しみのある笑顔に客の男どもは顔をほころばせた。

……企業の操り人形って言われているけど、よく考えたら滅茶苦茶難しいよな。金と権力を持つ企業なら飼い殺しにすることも容易なはずだ。なのに彼ら世襲議員が未《いま》だに威張っているのは、高い交渉力で企業との距離を調整していたから、とも言えるだろう。例えばトーキョー・バイオケミカル社とオーサカ・テクノウェポン社の間で風見鶏《かざみどり》の如《ごと》く動き回ったりとか。

そういう意味では、シゲヒラ議員は本当に接客向きの人間と言えた。料理が運ばれてきた客たちは、興味津々で机の上に並ぶ料理を口に入れていく。

「コロッケ、滅茶苦茶安いのに旨《うま》いな」

「珍味、何だこれ？　生魚か？」

「寄生虫はいないので安心するのじゃ！」

ついに男たちは恐る恐る刺身を口に運ぶ。片方の男は口に入れた瞬間、毒でも食らったかのようにせき込み、水で無理やり流し込む。だがその一方で一人だけ「あれ、いけるな」と呟《つぶや》く者もいた。

「成功、珍味という名前にすることでハードル下げる作戦……！　加えて人気のコロッケの価格を安くすることによる満足度向上！」

「コロッケはオレたちが無償で作ったもんな……」

「立体機動乳首の店で学んだことは嘘じゃなかったぜ……！」

俺の好きな天然食、特に生ものは二三世紀の人間からはかなり不評だ。にもかかわらず自分から注文し、食べてくれる客がいる。ちょっとこの事実にはじーんとくるものがあった。二一世紀の感覚を、俺の価値観を共有してくれたような気がして。

こんな簡単な工夫で、こんなに大きく変化するのだな、と感慨深くなる。とりあえず現状できるのは変態議員一人でできる宣伝と、メニュー内容変更くらいのものだ。だがそれるだろう。

だけで一気に客も入り、満足度も悪くない。この中には数名、常連になってくれる者もい

「マスター、これだったら厄ネタのこいつじゃなくてピエールの店から一人引き抜いた方がよかっただろ」

ランバーは盛況な店を見て、しかし少し不満げだった。こいつからすれば死にかけた元凶が目の前で第二の人生謳歌《おうか》してるんだもんな。そりゃ嫌だわ。だが俺にも勿論《もちろん》理由がある。

「いや、こいつの雇用にはとてつもないメリットがある。ほら、多分あれがサンプルだ」

店に新しく長身の男が入ってくる。その男の最も特徴的なところは、本来一つしかないはずの脚の関節が二つあるところだった。つまり膝が二つある。

「いらっしゃいま」

「動くな『龍』、こいつの命がどうなってもいいのカ！」

笑顔でシゲヒラ議員が接客に向かった瞬間、男の手が素早く動きシゲヒラ議員の喉元にナイフを突きつける。やっぱり一人は来ると思ったよ。不死計画のサンプルを狙う者。派《は》閥《ばつ》抗争のごたごたに紛れて成果を狙う者。

サンバイザーの男は邪悪な笑みを浮かべ、俺に向かって脅迫を始めた。

「『龍』、迂闊《うかつ》だったナ。今からお前が」

「お客様、大声を出すのは他の方への迷惑となります。おやめください」

「人質をとるのハ？」

「推奨行為となっております」

「推　奨　行　為」

「マスター、助けて欲しいのじゃ！」

「趣味は？」

「汚職と横領なのじゃ！」

「よーし○せ！」

サンバイザーの男は絶句する。人質が効かないなんてまあ想定しないよね。

そう、メリットとはこいつが俺のごたごたに巻き込まれても何一つ罪悪感を覚えずに済む、という点だ。

もともと欲望に任せて取引に乗った挙句《あげく》輸送船を爆破しランバー、チューザちゃん、メジトーナを殺しかけた迷惑野郎。加えて甘い汁を吸いまくって日本政府をいじめていた奴。

うーん、特に同情する理由が無い。自業自得でしょ。

サンバイザーの男の表情が徐々に絶望に染まる。そういやこいつ、博士の後ろにいた奴じゃん。結局膝関節が増設されたんだね。ルーレット運のない奴だ。

「いいか『龍』、こいつの命が惜しければ博士の元に戻ってくるのダ！　博士が返り咲く

ために は、そして私の膝を元に戻すにはそれしかなイ！」

「じゃあな～」

「見捨てられてるのじゃ♡」

「何で喜んでるんだこいつ、ちくしょう誰一人話が通じなイ！」

サンバイザーの男は肉体換装議員を拘束したまま叫び続ける。因《ちな》みにシゲヒラ議員は完全に気持ちよくなってナイフを喉元に当てられながら白目をむいている。きめえよドMは二人もいらねえんだよ。

「クソ、指を一本ずつ引きちぎり、泣き叫ぶ姿を映像で送ってやろうカ！」

「こいつ全身サイボーグだから、指を引きちぎる際には工具を準備するんだぞ」

「溶断とかするなら火傷《やけど》しないよう気をつけてな」

「そんな、無垢《むく》な儂を助けるのじゃ！」

「嬉しそうな声で言うな。最近やった悪事は？」

「犯罪組織の資金洗浄じゃ！　よい小遣い稼ぎになるのじゃ！」

「『どうぞどうぞ』」

もう完全に俺たちはサンバイザーの男にシゲヒラ議員を差し出す気満々であった。他の客も暗黒街の日常風景だ、と理解したらしくスルーしてまったり食事を再開している。もう完全に相手をする気がないと分かり、サンバイザーの男は顔を赤くして、遂に言ってはならないことを口にした。

「この店を潰してやってモ……!?」

その言葉を聞いた途端、俺は一瞬で移動し、こいつの前に立つ。サンバイザーの男の表情が絶望から驚愕《きょうがく》に変化する。

「いいか、そこの変態は心底どうでもいい。ただ、この店に手を出すな」

ぽん、とサンバイザーの男の腹に拳を当てる。俺の拳から迸《ほとばし》る電流がサンバイザーの男と変態議員を焼く。電流は一A《アンペア》も流れれば十分死亡リスクがある。ましてやそれが金属部が多く、抵抗の少ないサイボーグに当たれば。

「がぁあああああ」

「うほおおおおお♡」

どさり、と二人が倒れこむ。他の客はやっと終わったかという様子でそれを眺めていた。

俺はぽいっと改造膝野郎を外へ放り出し、少しプスプスいってるシゲヒラ議員を蹴とばす。

「おら仕事しろ変態」

「……はいっ！　何でもします、マスター！」

「なんだこれ」

何とも奇妙な顚末《てんまつ》である。こうして店員が一人増えましたとさ。

第二十話　察しの悪い博士

「おい『龍』、こいつがどうなってもいいのカ!?」

「うひぃ♡」

「この議員の身体改造の一覧を見たのだ。強化視覚、バランスセンサー、絶対爆殺機構……。う－ん、どこが変なのだ……？」

「ボケを渋滞させるなお前ら」

翌日、再びシゲヒラ議員を人質に取るダブル膝野郎と、喜んで拘束される変態。そしてシゲヒラ議員の身体改造データを調べている博士という異様な光景が生まれていた。

時刻は夕方。カウンター席には図々《ずうずう》しく博士が座り合成酒を注文している。博士の今日の用件は、すなわち今回の事件の近況報告だった。店員を人質にするついでに直接情報共有しよう、ということらしい。

「私とジャックが所属するトーキョー・バイオケミカル社に今の所動きはないのだ。『不死計画』のサンプルとして議員は興味深いが、情報も持たぬ雑魚のために『龍』を起こす意味もない。それに今回問題になっているのは、盗まれた機密情報。意識そのものを入れ替える技術の方なのだ。リバースエンジニアリングされるだけならまだしも、技術の根幹を受け渡されたらどうしようもないのだ。模倣し放題、量産型メス堕《お》ち世襲議員が世に放たれるのだ」

「そんなに変態はいねぇよ。あと、それならシゲヒラ議員の体に入っているアルタード研究員を早く捕まえろよ」

「あいにく、現在は日本経済会議中なのだ。我が社が議員を無理やりどうこうした日には、オーサカ・テクノウェポン社が嬉々《きき》として『暴力で議会を荒らす無法者に天誅《てんちゅう》を！』とか言い出しかねないのだ」

「税率すら変更可能なガチで重要な会議なんだよな。最悪なタイミングだぜ」

「一応機密を他社にまだ流していないのは救いなのだ。それより四五二七号、早く私の元に帰ってくるのだ。そうすれば社内での昇進間違いなしなのだ」

「脈絡《みゃくらく》なさすぎるんだよ。あと実験体になるつもりはもうない」

つまりアルタード研究員に手を出すこともできず、手をこまねいている。今回の事件は現状、完全な膠着《こうちゃく》状態とも言えた。まあだからこそ多少まったりしながら居酒屋の改善に取り組むことができるんだけど。

「ってかサンバイザーの男、ええとジャックだったたか。博士、お前はジャックに人質を取らせている張本人だろ。何で悠々と席に座ってるんだ?」

「……?」

ここで本気で気づいていなそうなのが博士クオリティだ。こいつ、異常な自分がスタンダードで自分の延長線上に世界があると思ってやがる。だからこそ人倫を無視した実験ができるんだよな。だって自分の命すらどうとも思っていないのだから、他人の命を尊重できるはずもない。

博士はきょとんとした様子であるが、そんな空気を無視して人質に取られているシゲヒラ議員は昨日の夜にやった改善の結果を自慢げに話す。ああ、これ思い出すわ。とにかく褒めてオーラ全開の犬だ。

「今日から簡易防音仕様に改装したので、変なこと言っても大丈夫なのじゃ!」

「因《ちな》みになんでそうしたんだ?」

「昨日の客の顔を見てじゃ、話したいことはあるがきちんとした仕切りが無いから話せぬというな! この価格で防音設備付きの店は少ないのじゃ!」

シゲヒラ議員は胸を張る。身長の割にある胸は服に対して大きすぎて、陶磁器の如《ごと》き作り物の肌がはみ出している。

この汚職議員、やはり変態なだけではない。企業の操り人形をやってきただけのことはある、こういったコミュニケーションにはとことん強いらしい。幾《いく》つかの個室とカウンター席がそれぞれきちんと仕切られており、店に入ってから出るまで他の客にほとんど出くわさない仕組みに変化していた。これら全て、シゲヒラ議員の手配である。

各部屋は特殊な吸音材で仕切られており、完璧ではないもののよほどの手練《てだ》れでない限り他の席からの盗聴は難しい。そんなわけで客たちは他の人には聞かせられない、少しダークな話でとても盛り上がっているようだった。

そのせいか今日はなんと満席、店主兼料理長の俺も大忙しというわけである。胸を張りながらだらしない表情でナイフを突きつけられる変態を視界から外し、俺は酒を注ぎ始める。

さっぱり知らなかったのだが、合成酒にも善し悪しがあるらしい。俺にとっては全て薬品臭いクソ酒、という認識だったが客の要望には応えるべく、色々調べた。幾つかの銘柄を注文しメニューに追加すると、そのうち幾つかは飛ぶように売れていく。今博士が飲んでいるのもまさに人気の合成酒だった。

「その合成酒『排水溝の煮凝《にこご》り』、旨《うま》いのか？」

「塩素と硫化物《りゅうかぶつ》の匂いが最高なのだ。揚げ物に合うのだ！」

「合うのか……？」

うーん、と首を傾《かし》げる。少し嗅いでみるが、何とも言えない嫌な臭いである。これを好む二三世紀キッズの気が知れない。だが一方で、今日の料理の売り上げは非常に好調だった。この酒に合うつまみが欲しいのだろう、揚げ物にとどまらず珍味や固型バーの売り上げも素晴らしい。

自分の好みではなく、お客様の好みに合わせてメニューを決める。確かにある程度は必要だよな、そう思いながら俺は拘束されているシゲヒラ議員に料理の載ったお盆を渡す。

「じゃあ四番さんの所へ」

「俺が人質にしているところだろうガ！」

「分かったのじゃ！　よし行くのじゃ膝野郎ジャック！」

「なんだそのあだ名、それに俺は絶対にこのナイフをお前の首から外さないゾ！」

「じゃあそのまま行くのじゃ、コンセプトカフェ『人質』開店じゃ！」

「即座に閉店しろ！」

なんだかんだこの変態議員は優秀だ。体のバランスセンサーのおかげでお盆を落とすような真似はしないし客への対応も極めて的確だ。人質にされながらもウキウキで他の個室に去っていく後姿を眺めていると、博士は嫌な笑みを浮かべて俺を見つめてくる。

「すっかり変わったのだ、良い変化なのだ」

「どういう意味だよ。別に俺までド変態になったわけじゃねえぞ」

こいつに上から目線で言われるのすげえ嫌だな、やっぱり料理出すのやめて追い出してやろうか、と拳を握り圧縮可燃ガス砲の発射準備を始める。消し炭になれゴミクズ……！

「周囲を受け入れているのだ」

「…………」

「前の四五二七号は自分の価値観を貫きすぎて、あまり他者との対話をしようとしていなかったのだ」

「そりゃ目覚めた途端お前らに狙われたからな。全員敵の気分さ」

「でも今ではああいう奴らを、自分の価値観をもちながらも否定せず受け入れているのだ」

「……うっせえ」

「ここの暗黒街の住人向けにメニューを調整したのもその一つなのだ。お前、暗黒街に住んでいて勢力図や権力構造ばかり見て、文化には目を向けてこなかったのだ。随分時間がかかったのだ」

博士にしては珍しくぐうの音も出ない正論だった。確かに俺の二三世紀文化への知識は非常に浅い。二一世紀の価値観にこだわり、それに近いものしか見てこなかった。仮想現実や夜の店など、暗黒街の住人としてはあるべき知識を得ていないのもそれが理由だ。いつもはランバーに説教しているくせに、ランバーから学ぶことはとても多い。

が、博士が言うような「変化」が発生した理由があるとすれば……。

「強《し》いて言うならアヤメちゃん、なんだろうな」

「ほう、なのだ」

「俺がガチ目に拒否し続けても足繁《あししげ》く通ってきてな。異常者と思って拒否していたが、少しずつ慣れてきた。別の生命体ではなく価値観がずれているだけの同じ人間だと、理解できた」

「当たり前のことなのだ」

「実験体としてしか扱わなかったお前が言うなよ。まあ、それから少しずつ客と話し合って、理解が深まって。この前ランバーとピエールの店に行ったのは良い転機だったよ。トラウマ克服も兼ねてな」

「動くな人質ガ！」

「お待たせしました、珍味三種盛り合わせなのじゃ！」

「ありがとう、店員ちゃんと強盗さん！　追加で注文いい？」

「……やっぱ理解は深まってないかも」

ちょっと過去を思って懐かしむ。周囲が自分にとって懐かしい空気が何一つない、変わり果てた未来の日本であることを知ったときの自分。かすかな心のよりどころとして造った、昔を思い出す居酒屋『郷《ごう》』。徹底して二一世紀基準に拘《こだわ》っていたのに、それをわざわざ変えた自分を見つめなおすと、確かに変わってきてはいるのだろうな、と思ってしまう。

「そうなのかもな」

『龍』、人質がどうなってモ」

「おっほ♡」

「でも議員の身体改造、どこか違和感があるのだ。　絶対爆殺機構……これは言い出したらキリが無いし……」

「だからボケを渋滞させるんじゃねえ！」

第二十一話

シゲヒラ議員の内装工事

「儂《わし》の部屋を作るのじゃ！」

　ここしばらくの間、シゲヒラ議員は二階の倉庫に布団を敷いて寝ていた。というのもこの居酒屋『郷《ごう》』は元麻薬倉庫、人の住む場所は整備しないと存在しない。というわけで本日、シゲヒラ議員による二階の模様替えが行われようとしていた。

　メイド服から割烹着《かっぽうぎ》っぽい服に着替え、シゲヒラ議員はいそいそと一階と二階を行き来する。俺はそれを見ながら一階でゆったりとコーヒーを淹《い》れて飲む。

　まあたまにはこういったまったりとした日も良いだろう。最近属性過多でめまいしてたんだよな。まさかアヤメちゃんがまとも側になってくるとか思わねえじゃん。

　そういう意味では今いるシゲヒラ議員は経緯と性別と性格と立場と性癖と肉体以外は相当まともな部類である。……いや、何も残らないじゃねえかとは言わないでくれ。要は行動がまともってことだ。

　帰る場所が他になく、そして性癖が今までになく満たされているせいか。シゲヒラ議員の行動はシンプルだ。気持ち悪いことを言いながらも店員として真っ当に働く。

「いいけど改装はほどほどにしてくれよー」

流石《さすが》にここまで真面目にやってもらってるのに、寝床の一つもないのは可哀想《かわいそう》ということで、今月分の給料の前払いとともに二階の一部を正式に使っても良いという許可を出したという訳だ。借りぐらしのメス堕《お》ち世襲議員は笑顔で二階の窓と階段から荷物を運びこんでいく。

物音がしていたのは一時間ほどであろうか。しばらくして「できたのじゃー！」という無邪気な中年メス堕ち世襲議員の声が上がる。どれどれどんなものかな、と思って二階に上がってみるとそこには思わぬ光景が広がっていた。

折り畳み式の防音壁で仕切られた先は、本にでも出てきそうな本格的な洋室となっていた。モニターの前には二人がけのソファが置かれていて、画面には何やら番組が映っている。背後は洋服簞笥《だんす》になっており、さらにその上に二段ベッドのような形で寝床が敷かれている。少し奥では一階から引いてきた水道を洗面台に接続しており、その近くには紅茶を淹れるための小さなキッチンもあった。

そして地味にセンスを感じるのが部屋の端々に置かれているインテリア。ガラスのツボ……駄目だ、知識が無さすぎてこういったものを示す語彙《ごい》が出てこない。俺にとっては無縁の物を、シゲヒラ議員は上品に配置し部屋を仕上げていた。

何というか、細かいところに上品さって滲《にじ》み出《で》てくるよな。逆に言うと俺とかは一般人すぎて、高級すぎるものを着てもどこか似合わないいんだけど、こういった感性を磨いていなかったからとも言える。

シゲヒラ議員はとてとてとこちらに歩み寄り、期待を込めた目で見上げてくる。

「どうじゃ！」

「……お見事。しかしよくこんなに金があったな」

「特技は汚職じゃ！」

「捕まれ」

「冗談じゃ、給料分しか使っておらぬ。馴染《なじ》みの伝手《つて》を使って余ったものを貰《もら》ってきたりしてるから、見た目ほどは高級ではないのじゃ。あとどうしたのじゃ？　罵《ののし》りが弱いのじゃ」

「そこ心配されるの⁉」

シゲヒラ議員に突っ込みを入れる一方で、俺は内心驚いていた。その理由はちらりと視界の隅に入った、ソファ前のモニター端に映っている、シゲヒラ議員の視聴リストである。

昔の動画サイトと同じく、画面の端にはおすすめ動画や過去に視聴した動画が流れるようになっていたのだが、問題はその内容だった。

『接客業実践編一〇〇選！』

『知人と距離を縮める方法（薬物以外）編！』

『ドMコンサルティングの術』

『店内導線と注文処理順考察』

……一部を除き、本気の居酒屋経営用の教材たちである。言われてみればであるが、シゲヒラ議員に接客業の経験はない。他の経験から流用できる部分はあるのだろうが、マ○ドでスマイル〇《ゼロ》円をしていたわけではないのだ。だから、初めてのことである以上きちんと勉強する必要があるのは当然と言えた。

「……すげえな、お前」

本心からの声が出る。この店に来てわずかの時間で、成果を出すべく最大限の努力をしている。恐らく俺の見えないところで更に多数の試行錯誤《しこうさくご》をしていたのだろう。シゲヒラ議員は何を驚かれているのかまるで分かっていない様子だった。恐らく二三世紀基準では当たり前のことなのだろう。

だが、二一世紀基準からしてみれば極めて勤勉だった。脊髄《せきずい》置換機構による制御なども あるのだろうけど、こういったところは二三世紀の人間の方が遥《はる》かに優れている。きょとんとしているシゲヒラ議員に、珍しく俺は優しく問いかけた。

「……欲しい物、何かあるか？」

「ツンデレマスターが早速デレたのじゃ!?」

「うるせえ！」

シゲヒラ議員の驚愕《きょうがく》の声に、俺は大声を上げて返す。ツンデレは美少女がやるからいいのであっておっさんがやるのは単なる不器用の証明なんだよ！　あまり大声で言うんじゃねえ！

珍しく穏やかな昼過ぎに、俺はシゲヒラ議員のリクエストに応えて何枚か服を購入するのであった。にしてもフリル多いの好きだなお前……。

第二十二話　正ヒロイン昇格会議！

「今から私がおじ様の正ヒロインに昇格するための会議を始めます！」

アヤメちゃんがそう宣言すると全裸変態ドエムアサルトがパチパチと手を叩《たた》き、変態女装おじさんが興味深そうにそちらを見る。俺はとりあえずシゲヒラ議員を店の片付けに回らせた。お前だけはアヤメちゃんとエンカウントしてはいけない。変態が加速するからな。

アヤメちゃんは制服の首元を緩めて椅子に座る。相も変わらず整った顔だが、今日はその美貌が陰っていた。

時刻は既に夜の一一時。かなり深夜のはずだが、定期試験が近いらしいアヤメちゃんは遅くまで課題に取り組んでいたらしい。その帰りに愚痴を吐きに閉店したばかりの店に突撃してきた、というわけだ。

……その割に言っている愚痴は試験関係なさそうだけれど。

「おじ様の店は客が来ませんから、ライバルも少なく安心していたのにこのままでは出会いが増えてしまいます！」

「俺の店が繁盛してることを素直に喜んで欲しいんだが。それに俺は他の奴と比べて好……」

「他の客が一人もいない開店当初から進行していた『俺の客はお前一人だけだぜアヤメちゃん～おじ様陥落マゾ堕《お》ち全裸監禁作戦～』はどうすればいいんですか！」

「たった今アヤメちゃんの好感度が地の底に堕ちたわ」

めっちゃ足繁《あししげ》く通ってくれて、異常者だけど優しい子だな……と思っていたのにそんなことは全くなかった。やっぱシンプル異常者じゃねえか。ドエムアサルトは「照れ隠し……」と呟《つぶや》いているがそれ本当か？　全裸四《よ》つん這《ば》いのお前を見ると一〇〇％本音に聞こえるんだが。

ハンカチを噛《か》んで悔しがるアヤメちゃん、四つん這いで羨《うらや》ましそうに見るドエムアサルト、個室の清掃をしているシゲヒラ議員、カウンターでこっそり腕を三本にして明日の仕込みをする俺。傍《はた》から見れば凄《すさ》まじいカオスである。お前ら三人、バックグラウンド込みで考えるとえぐすぎるんだよ。

やっぱ手は多ければ多いほどいいな、と二本の手で肉に下味をつけるべくタレを揉《も》みこみ、残り一本の腕でアヤメちゃんの為《ため》にソフトドリンクを注ぐ。

シゲヒラ議員の活躍と俺のメニュー改革により、居酒屋『郷《ごう》』はそれなりの発展を見せていた。一日中客が来ないことも普通な日々から、常に半分は席が埋まる状態へ変化した

のだ。信じられない劇的ビフォーアフターである。それにより俺は大いに喜んでいるわけ

だが、快く思わない勢力筆頭はいじけた様子でドリンクを喉に流し込む。

「いつの間にか新しい女の子と同棲《どうせい》してますし。私にはそんなことしてくれませんでした

のに」

「あいつは戻るところが無いから二階の元麻薬倉庫に放置しているだけだ」

「しかもお客さんがあの子のせいで増えています。足を引っ張るためにおじ様の武勇伝を広めることで客を〇人《ゼロ》に……」

「やめろやめろ、実際それがあるからそこの変態以外の護衛はこの店入らないんだろうが。知らないならそれが一番だ」

俺の名前は街全てに広がっているわけではない。今来ている新規客は俺のやらかしを知らないからこそ、ちょっと安くて変な店として通ってくれているわけだ。あまり広めるような真似はしたくない。

俺がそう返すと「やはり変えるべきは自分ですよね！」とアヤメちゃんは頷《うなず》く。よし、良い方向に向かってくれた。

「まずヒロインに必要なのは恋を成就《じょうじゅ》させるための熱意、つまり圧縮可燃ガス砲……」

「何があったらその思考に辿《たど》りつくんだよ！　あとそんなものあっても暑苦しいだけだ」

「その前に燃えますよね」

「俺は燃えないから大丈夫」

「……数千度で？　燃えないゴミでしたか」

「やんのか全裸四つん這い変態女？」

　ドエムアサルトと俺が睨《にら》み合《あ》い、そしてどちらからともなく噴き出す。ここしばらくの間でこいつとは冗談を飛ばし合えるくらいにはなった。性癖談義以外は割と冗談通じるんだよな。あと言葉が強くなって「傷つけちゃったかな……」と思っても勝手に快感に変換しやがるから気を使いすぎる必要が無い。気持ち悪い以外は弱点が少ないんだよなこいつ。服さえ着れば可愛《かわい》いし。

　俺たちが笑う横でアヤメちゃんの表情がさらに悲愴感《ひそうかん》に染まる。

「出会って一か月足らずでその距離感、必要なのはスピード、腰にジェットエンジンの搭載……！」

「アヤメちゃん思考バグりすぎだろ。あとそれだと俺に負けるぞ」

「マスターさんの最高速度は？」

「マッハ三」

「一・五ミドリガメでしたか」

　もはや俺の最高速に誰一人突っ込まない。因《ちな》みに普段はそこまで速くはない。だって滅茶苦茶準備したときにしか出せねえもん。そもそもマッハになると衝撃波が近所迷惑だしやりたくない。とりあえず人を爬虫類《はちゅうるい》扱いし始めた変態にアイアンクローをきめる。

気味の悪い声を上げる変態に、引き寄せられた変態議員がこちらを覗《のぞ》き込《こ》もうとするがしっしと追いやる。向こうに帰れ帰れ。

「でも最近の恋愛小説、そういうのが多いですよ」

悩み始めるアヤメちゃんの横で、床に座ってアイアンクローでダメージを受けた箇所をさすりながらドエムアサルトはそう切り出した。え、腰にジェットエンジンが⁉　と聞くとまさかの肯定。恋愛観が変わるにしてもおかしすぎる、流石《さすが》に嘘《うそ》だろう、と俺は笑った。

「嘘つけ、じゃあ最近人気なやつのあらすじを言ってみろ」

「日本で働くヒロインが海外に住む想い人と会うために頑張ります」

「ほら普通じゃん」

「自分の体をレールガンの弾丸にして音速の壁を超えるシーンには感動しましたね」

「何があったらそうなるの⁉」

「一億ダウンロード突破の大人気レールガン小説ですよ。企業の皆様の熱意で夢が現実に近づく姿は最高です！」

レールガン小説、などという欠片《かけら》も聞き覚えのない言葉に脳を混乱させながら、それでもまあ多少言いたいことを理解する。

「ああ、町工場の大成功、みたいな話か」

それなら理解がしやすい。海外に行きたい主人公と共に技術的問題を解決する物語。最後には海外にいる想い人の元に降り立ちキスをする。途中に挟まるレールガンがよく分からないだけで、形式自体は昔懐かしの恋愛小説だ。

俺は少しほっとする。やっぱり変わらないものってあるよな。

「でも迎撃ミサイルが飛んでくるのでそれを回避するべく格闘技を」

「急にジャンル変わったな！　あと格闘技じゃ無理だろ！」

「最終的に勇気の拳が国家主義を打倒します！」

「そして思想も強い！」

前言撤回、そんな小説聞いたことが無い。なんで勇気の拳が資本主義の味方なんだよ。現在の惨状を見れば打ち砕かれるのは企業の方だろうが。あと格闘技でミサイルを回避するのは恋愛小説ではありません。……いや、二一世紀にもあったかもしれん。世の中広いからな。

「人間讃歌と資本の尊さ、トーキョー・バイオケミカル社最高！　という作品です」

「結局広告かよ！」

「予算をかけたおかげで『実在』しますから」

「ふ～ん。……ん？」

ドエムアサルトの熱意溢《あふ》れる発言に少し引っかかるところがあったがすぐに引っ込める。

ははは、まさかそんなのが実在するわけないよな。どうせ等身大の銅像とかがあるだけだよな。二三世紀の奴らならやりかねん、という思いから目を逸《そ》らして、料理の仕込みを再開する。

「……しかし、そんな小説が人気なくらい、身体改造が人気なんだな。俺には、凄《すご》く歪《いびつ》に見える。お前に言うのもあれだがな」

「確かに歪です。でも皆、何者かになりたいんです」

俺の思わず漏れてしまった戯言《たわごと》に、しかし真っすぐドエムアサルトは返してくれた。床に垂れたつややかな髪を弄《いじ》りながら俺を見上げる。服を着るのを禁止され、豊かな胸と大きな尻を外気に晒《さら》すその姿は正に歪《ゆが》みそのものだ。

「私はならざるを得なかった、ですが。どれだけ元の体が才能に欠けていても、取り付けた部品はカタログスペック通りの働きをする。遺伝子強化で運動神経抜群のスポーツマンに。制眠機と思考誘導電極を使えば圧倒的な努力家に」

「でも才能ってものはあるだろう?」

「それは先に行って初めて分かるものです。多くの人はメーカーの宣伝に騙《だま》されて、身体改造さえすれば思い通りの自分になると錯覚《さっかく》します。実際性能は拡張され、僅《わず》かばかりは夢を見ることができます。その後、同じ身体改造をしたもの同士の差に気づくのです。自分は他の下位互換だと」

「………」

「だから他の人に負けないよう、更なる身体改造を施そうとします。通常の肉体とかけ離れ、精神が不調を起こすまで」

酷《ひど》い話である。そういう意味ではランバーやチューザちゃん、暗黒街の住人は相当真っ当な身体改造をしていると言える。彼らは何者かになりたい、ではなく今を生き延びるために力が必要なのだ。

故に他の者の下位互換でも気にならない。俺の強さを見ても「流石だぜマスター」としか言わない。勿論《もちろん》金銭的な制限もあるが、身《み》の丈《たけ》にあった身体改造のみを行う。中には夢見まくりな奴もいるけど、大体は早い段階で現実と折り合いをつける。ランバーのあれは悪ふざけにも程があるが。

だが金を持つ企業の連中は狭い世界での競争ばかりしている。苛烈《かれつ》な競争は身体改造による歪みを際限なく加速させるのだ。俺はゼシアのことを思い出す。あいつも一歩間違えれば、ドエムアサルトと同じようになっていたのかもしれない。

「……アルタード研究員はどうなんだろうな」

「？　シゲヒラ議員の体に入っている研究員は、現在日本経済会議の帰りのはずですが」

「そうじゃねえよ。ってかあの会議滅茶苦茶難航してるな」

「票が綺麗《きれい》に割れて決議が採れないみたいです。それで、そうじゃないとは？」

ドエムアサルトはきょとん、と首を傾《かし》げる。まあこいつらにとっては単なる邪魔者だし、考える必要もないのだろう。だけれど俺にとっては気になってしまうのだ。どうしてアルタード研究員があんなに俺にご執心だったのかが。

「アルタード研究員は自分の体を改造しまくってたんだろ？　何があいつをそこまで駆り立てたのか、気になってな」

アルタード研究員は、一体何になりたかったのだろう。

そんな話をしながら、穏やかな夜が過ぎていく。そろそろ明日の学校に備えた方がいいぞ、とアヤメちゃんに言おうとするが彼女のハンカチは噛みすぎてくしゃくしゃになっていた。やっべ、ドエムアサルトと楽しく話しすぎた。

その後アヤメちゃんを宥《なだ》めるために、更に一時間ほど相手をする羽目になったのは余談である。膝枕されてるときは普通に可愛いんだけどな、アヤメちゃん。

第二十三話　バトルトレーニング！

「マスター、圧縮可燃ガス砲と電撃と脚力増強と対銃弾装甲と腕力強化禁止な！」

「え、それだけでいいの？」

「「それだけ!?」」

　翌日の昼、ランバーとチューザちゃん、そして俺は店の裏にある広場に集まっていた。広場といっても瓦礫《がれき》まみれだったところを、圧縮可燃ガス砲で燃やし尽くしただけなのだが。

　今日の用件はシンプル。チューザちゃんを鍛えるべく、指導して欲しいという話であった。

「しかしランバー、お前が弟子を取るとはな」

「このネズミっ娘、頭良いし調査が得意だし、戦闘と交渉特化な俺と相性いいんだよ」

　このランバー、いつもの頭の悪い行動に反して交渉はかなりできる。自身の損得を見極め、相手の最も嫌がる道筋を提示し脅《おど》す。その見た目も相まって、荒事での交渉成功率はかなり高いらしい。

また、戦闘も極めて上手い。飛びぬけた能力があるわけではないが、経験を生かした相手の見極めと対応はピカイチだ。納豆を私兵に投げていたのも、素早く相手の弱点を把握したからに他ならない。

一方チューザちゃんはハッキングができるくらい頭が良いのだが、どこまでいっても一四歳。大人に脅されると怯《おび》えが出てしまうし、戦闘能力が低いから実行部隊の下請けしかできない。

この二人が組むのは確かにありな選択といえるだろう。互いにとってメリットがあるし、ついでにチューザちゃんの恋路がさらなる発展を見せる可能性もある。……その前にランバーが失望される可能性も高いけど。

とはいっても、チューザちゃんの戦闘能力が低いままではどんな仕事をするのにもリスクが伴ってしまう。そこで暗黒街最強である、この俺に鍛えてくれという依頼が来たのだった。

「マスター、遺伝子強化型だろ？　オレよりアドバイスが上手いと思ってさ」

ランバーはそう言いながら銃を構える。こいつ平然と実弾を装填《そうてん》してやがる。確かにその程度では死なないけどさ。

「とりあえず模擬戦をやればいいんだな」

「ああ。マスターなら実力差がありすぎて手加減もできるだろうしな。他の訓練なら正直仮想現実でも何とかなるから、それより実戦経験を積ませたい」

「お、お願いするでマスター……」

チューザちゃんは明らかにガチガチだった。本当に戦闘が苦手なのだろう。一応サブマシンガンを構えてはいるが、構えは崩れているし安全装置も無効化されていない。

「どういう理由で苦手な感じ？」

「選択肢が多すぎて頭が混乱するんや。もし失敗したら死ぬわけやろ？」

……チューザちゃんの悩みは概《おおむ》ね理解できた。頭でっかちタイプがよく嵌《はま》る罠《わな》の一つ。銃を連射する、遮蔽《しゃへい》を取るなど様々な選択肢があるが、失敗すればどれも死という特大のリスクが付きまとう。

加えて頭が良いから様々な可能性が浮かんでしまう。結果として、思考に気を取られ動きが疎《おろそ》かになり敗北する。戦闘の経験が浅い者にありがちな事態だった。

俺は無言でカイ○キーになる。

「腕が四本!? マスターなんだそれ！」

「いや、腕をもっと組みたいなと思って」

「どういう理由やねん！」

俺は四本の腕でダブル腕組みをしながら、「早かっただろ？」と説明する。

「チューザちゃん、遺伝子強化型なんだろ？　脚力強化とか、ネズミならできるんじゃないのか？」

「……できるけど、遅いし制御が甘いんよな。失敗すると人間の体に戻れなくなりそうで怖い。実際一週間くらい足に毛が生えたまんまだったときはどうしようかと思ったわ」

「そういや遺伝子強化型の人間って、制御がちゃんとできなければ時たま戻れなくなるんだっけか」

「まあ大丈夫だ、一度試してみろって。最悪俺が何とかする」

「何とかするって何する気や⁉」

文句を言いつつも試してみる気にはなったのだろう、チューザちゃんは必死に力を込めるような表情をする。しばらくすると足に薄い毛が生え始め、同時に足の筋肉が明らかに増え始める。ネズミは結構脚力が強く、思いもよらぬ高さを跳《は》ねる。それを再現したものなのだろう。

「ほれ、高く跳べるで！」

「「…………」」

チューザちゃんは太くなった足に力を込め、何度も跳躍《ちょうやく》する。が、ランバーが足に仕込んだ武装を使用したときの方がよっぽど高く跳べている。

……残念ながらネズミの跳躍力は彼ら自身の体重の軽さがあってのものである。遺伝子を持ってきていくら弄《いじ》ったといっても、限度はあるのだ。だから単体の遺伝子発現だとちょっと厳しいところがあるんだよなぁ。

チューザちゃんは調子に乗っていたのが少し恥ずかしくなったらしく、しゅんとする。

いや、ネズミの最大の強みは脳だし、それを利用した思考力増強は間違いなく君の武器だとは思うよ。と、それはさておくとして問題は。

「とにかく、遺伝子を発現させるスピードが遅いな。戦闘中じゃ間に合わない」

「こういうのって、一般的にはどうするんだ？」

「音楽や薬品で、パブロフの犬の如《ごと》く体に覚えさせるしかない」

「おいおい、薬品投入したら簡単に使えるようになってくれよ」

「それができるんなら、二種以上の遺伝子強化人間も開発されとるで。そのあたりの制御が不可能に近く、人間の意識に大きく依存してしまうから未《いま》だに主流やないねん。金がかかるのも勿論《もちろん》あるけどな」

つまりこれが、遺伝子強化型の人間の弱点であった。サイボーグ化では難しい部分の強化やハッキングの無効化など、様々なメリットがある代わりに制御が難しい。

一応遺伝子編集を行っている関係で、特定の刺激を受ければ導入された遺伝子を発現できるはずなのだが、できていない時点でお察しである。

まあとりあえずチューザちゃんの問題は分かった。なら懸念事項を解決してやるか、と俺は四角い小さな機械を取り出した。機械には試験管のような部位と数字を表示する液晶が取り付けられている。

「これに血液垂らしてみてくれ」

「これなんや？」

「ゴリラパッチ」

「ゴリラパッチ!?」

「君が何ゴリラなのか、測定してみせよう！」

ゴリラ単位系はさておくとして、このパッチテストは極めて単純な仕組みでできている。様々な機構が入った試験管に、血液を落として機械に入れると大雑把に遺伝子の合致率を示してくれる、というものだ。

勿論、二一世紀でも用いられていたような精度のものではない。あくまで遺伝子強化型の人間が、どれだけ人とずれているかを示すというものだった。チューザちゃんがナイフの先端で指を刺し、血を僅《わず》かに垂らすとすぐに数値が表示される。

「〇・三三ゴリラ……」

「ということは三〇％ゴリラなのか？」

「乙女に何言うとんねん！」

「そうだぞ。それに示しているのは今発現している遺伝子の乖離《かいり》度だ。一般的に一ゴリラ、二％程度までの遺伝子変質であれば、自然に元に戻る」

「？？？」

「なるほどやな。これ、一般的な遺伝子チェッカーやなくて、遺伝子強化型の人間がどこまでいって大丈夫か、練習するための道具ってわけやな。店主さん、生物系に疎《うと》いのか知らんけど、結構誤解招く説明やったで。そもそも血液内の一時発現遺伝子と細胞内の通常遺伝子は遺伝子導入時の第三工程において……」

チューザちゃんが講義を始めてしまう。うわ、訳が分からねえ、何言ってんだこいつ。

まあ恐らく彼女が正しいんだろう、俺は取説を斜め読みして分かった気になっていただけだし。しばらく喋《しゃべ》ってから納得したのか、訳が分からずボケッとしている男二人を他所《よそ》にチューザちゃんは何度も頷《うなず》く。

「つまり、一ゴリラ未満やのにビビりすぎ、ってことやな？」

「そうだ、一回失敗したのを引きずりすぎだ。それに戦闘における強みが分かれば、自然と闘いの際の指針も決まる。まずは強みを押し付けてから考えればいいわけだ」

「悪いゲーマーの思考や……」

「実際、チューザちゃんはネズミの遺伝子による脚力強化をある程度主軸にした方がいいだろうな」

「脚力あるなら、逃げ回りながら銃を乱射するだけで相手からすると相当厄介《やっかい》だぞ。遺伝子強化型ならカートリッジ切れで加速できない、なんてこともない。延々と機動力の差を押し付けることができる」

ランバーが横から補足を入れる。そもそも彼女は戦闘向きじゃない。どちらかといえば時間を稼ぎ、ランバーに対応してもらう隙をつくる方が現実的だろう。

「因《ちな》みにこんな裏技もある」

そういえば話してなかったな、と思いながら俺は爪を伸ばしてナイフ状にした後、肌を切り、ゴリラパッチに血液を入れる、しばらくするとゴリラパッチは赤い光とともに、信じられない値を示した。

「四七ゴリラ……⁉」

「つまり、九〇%くらい人の遺伝子と異なっているってことだ」

「やっぱり人間じゃなかったか」

「やっぱりってなんだ、要は逆転の発想だよ。人の体から獣の遺伝子を発現させるのではなく、獣の体から人の遺伝子を発現させる。そうすれば腕を生やすのも簡単だ。抑え込んでいたものを、元に戻すだけなんだからな」

カイ〇キーと化していた腕がゆっくり肌の中に隠れていく。かと思えばぶちり、という音とともに今度は四本の腕が新たに追加された。その間、一秒にも満たない。

これが俺の強さの秘密の一つだぜ、と胸を張っていると二人がドン引きしているのが見える。何と失礼な。この俺の秘技を見たからには感動して涙してもいいだろうに。

「マスター、それは人間やめすぎだぜ……」

「そこまでやってしまったら、もう人格が残らへんのちゃうん……」

「気合いは全てを解決する！」

「「んなわけあるか！」」

いや、そんなことはない。でなければあんな事態は起きるはずが無いのだ。俺は無言で、手元の端末からニュースを流す。

『続いてのニュースです。シゲヒラ議員の乗用車が、今週四度目の衝突事故を起こしました。軍事用自動迎撃装置Ｅ－９８ＪＨＧを掻《か》い潜《くぐ》ったミドリガメは……』

全員が無言になる。本当に何なんだろうねこのミドリガメ。でもその執念は凄《すさ》まじく、八方向からの狙撃すら防ぐと名高いＥ－９８ＪＨＧを突破しているらしい。

「ミドリガメでもあれだけできるなら、お前たちでもできる……！　さあ始めよう、取《と》り敢《あ》えず使う遺伝子は七種類だけに抑えておいてやるぜ」

後日、俺を見るたびにチューザちゃんは軽く震えるようになった。なんでや、戦闘中に手足が一〇本増えるくらいは許してよ。

第二十四話　屋根より高い～

「床〇ナ鯉《こい》のぼりって知っているかい？」

「日本の伝統行事をなんだと思ってるんだ⁉」

シゲヒラ議員が来て、居酒屋『郷《ごう》』に客が安定して入るようになってからしばらくした日、久々の客が姿を現す。アルファアサルト隊員にして筋肉女、ゼシアであった。今日も今日とて合成酒を呷《あお》る筋肉女の言い出すことはあまりにも突飛であった。

「ほら歌でもあるだろ。屋根よーりたーかーい」

「鯉のぼりな」

「床〇ナ鯉の～ぼ～り」

「だからなんでそのワードが入るんだよ！」

床〇ナ。自慰の一種であり、床にあそこを押しつけ……って何を説明させられてるんだ俺は。一方でこの技は、股間に負荷がかかり、曲がったり正常に気持ちよくなれなくなったりするといった問題がある。そのため教科書でもNG例として書かれているほどだ。

こんなのを真面目に思い出さないといけない会話なんてしたくねえよ。そうやって項垂《うなだ》れる俺をよそ目にシゲヒラ議員は今日も今日とて人質に取られながら料理を運んでいく。

カウンターにいるのは俺とこの筋肉女だけ。やむを得ない、とため息をつきながら俺はこのどうでもよすぎる話に付き合うのであった。

「おおきーいーまごいーはーおとうさん、ちいさーいまごいーはーこどもーたーち」

「真鯉と緋鯉ってあるけどどういう意味になるんだよ！」

「そりゃあ黒ずみチ〇ポと」

「聞いた俺が馬鹿だった」

「『おもしーろーそうにおよいーでる』が精子を指すのは有名だよね」

「歌の制作者に土下座してこい！」

歌の制作者が誰かなんて知らないけど。間違ってもこんな劣悪な下ネタに使われるためにこの歌を作ったわけではない、ということだけは確かだ。センスのある替え歌ならいいんだけど題材もテンポ感も最悪だし、墓の下から現れて襲い掛かられても文句は言えないだろう。

「というかそんな下劣な歌、高貴なお前が歌うには相応《ふさわ》しくないだろう？」

「何を言う、性に関わることは繁殖《はんしょく》に繋《つな》がる、極めて自然な理《ことわり》だ。潔癖症だったりするのかい、可愛《かわい》いね」

「クソみたいなウインクをするんじゃねえ、チ○ポデストロイヤー」

「残念、今のあだ名はチ○ポアポカリプスだよ」

「世界まるごと滅ぼしてる感じ⁉」

まあゼシアの言うことも分からないではない。二一世紀、何故か下ネタは言ってはいけないみたいな風潮強かったよな。まあ他人をガチ不快にさせるタイプのやつは流石《さすが》に仕方がないと思うけれど、普通の医療用語とかも忌避されていたのはよく分からない。でもお前の替え歌は下劣だけどな。

あとアポカリプスなんてあだ名がつくとか一体何本の息子を破壊しやがったんだ。いくら顔が良くても尊いという概念からかけ離れてるんだよな。

「人身売買の週末セールがあったから彼氏を買ってみたんだけどね。やっぱりチ○ポのない男は前立腺ゴルフ以外使い道が無いからつまらないね」

「なんか聞き覚えのあるワードがでてきたしゴルフは一体何なんだよ」

「ホールインワン、ってね」

「何が何に⁉」

大体イメージはつくけどさ、ここ居酒屋だからな？　マスターに対して話す内容ではないのだけは分かってくれるよね君⁉

俺の思いを他所《よそ》にゼシアはこのネタが何故か好きらしく、鯉のぼりの鼻歌を歌いながら機嫌良さそうに合成酒を飲み干す。

「日本男児は体重をかけることでチ○ポを鍛造するのさ」

「日本刀みたいに言わないでくれるか？」

「短小チ○ポを鍛造チ○ポに！」

「やかましいわ」

というかそのワードは鯉のぼりとは絶対かけ合わせられないだろ、何言ってんだ。こどもの日が息子の日に変わってしまうじゃねえか。そう思っていたが、意外な理由があるようであった。

「鯉がSEXのために川を遡上《そじょう》するのは知ってるね」

「サーモンとかもそうだよな」

鯉のぼりには様々な説や地域差があるため一概に言うことは難しいが、俺の認識では子供の成長を祝って五月五日に鯉を模したものを飾る、みたいな話だ。そのもとになった昔話が鯉が滝を登って龍になったという話であり、実際に鯉は産卵のために川を遡上することが知られている。さすがに映画に出てくるような巨大な滝は厳しいが、小さな滝程度であれば超えることもできるらしい。生命の神秘ってすげえ。

「浅瀬で卵めがけて精子を飛ばす姿が床○ナに近似していると言い出した奴がいてね」

「クソがよ」

二三世紀に昔の伝統行事がよみがえる。まあそういう理由でしかねえよな、と思うがそれにしてもである。鯉のぼりと床◯ナを結び付けるんじゃねえ、健全な発育とは真逆の概念だろ。俺は憤慨《ふんがい》するが一方でゼシアはまあそんなこともあるよね、程度の空気感である。彼女たちからすれば遠く昔に廃れた何の価値もない風習であるのは分かっているのだが、それでも複雑な気持ちだ。

「どんな苦痛にも地面に股間をこすりつけながら立ち向かっていく泥臭さは、子供たちの見本とも言えるよ」

「確かに浅瀬で跳ねてると結果的にそうなるかもしれないけど！」

「そんなわけで鯉は登ると龍になる、という伝承でダイヤモンドチ◯ポを思い出して、立ち寄ってみたというわけさ」

「別に床◯ナでチ◯ポ硬質化できるようになったわけじゃないからな⁉」

そして最悪な理由で思い出されてしまったものである、と俺は嘆息《たんそく》する。シゲヒラ議員がとことこと歩み寄ってくるので伝票を受け取りながら追加の料理をお盆に載せる。しかし達筆だなシゲヒラ議員、今二三世紀だぞ。

一方俺の返事を聞いてゼシアは驚いた表情を見せる。

「そんな、隊の皆は『龍』のブレスは床◯ナの摩擦熱由来と言っていたのに……⁉」

「んなわけねえだろ！」

「龍の鱗《うろこ》は角質チ○ポの隠語だろう！」

「フェイクニュースの温床じゃねえか、アルファアサルト！」

昔戦ったときはあれだけ格好良かったのに。気づけば隊長はドMになり隊の人々は疑心暗鬼に囚われている。どうやったら俺の数々の活動が床○ナ由来になるんだよ。床○ナのことを信じすぎだろ。

「というか大体、子供の成長を祝う行事で床○ナはNGだろ」

「別にいいと思うけれどね。データジャンクになるよりは、相当マシだ」

「あー」

データジャンク。つまるところ電子ドラッグジャンキーのことだ。電子ドラッグとは感覚データの集合体のようなもので、過激な物は無限の快楽を与えリアルを置き去りにしてしまう。仮に子供がそれにはまってしまったら最後。勉強や仕事に励むことはない。何故なら脳が快楽を求め、承認欲求や生存欲求を抑え込んでしまうからだ。対策は記憶洗浄と薬物処理。

「二三世紀も色々あるんだな……」

子供が健康に育つ。当たり前の言葉ですら、たった二〇〇年で大きく意味が異なってしまう。

「というわけで改めて、付き合ってくれないか」

「今の話題から⁉」

「尊き僕と共に子供を一緒に育てよう！」

「床◯ナキッズを⁉」

カスみたいなナンパにドン引きする。こちらを覗《のぞ》きに来たシゲヒラ議員がゼシアの告白を聞いて頬を膨らませるが、何一つ気にしなくていいぞ。お前の思っているようなことは一〇〇％起きないからな……。

それはそうと、と俺は本題を切り出した。

「お前らが来るときは謝罪か事前連絡のどちらかだと思っていたぞ」

俺はゼシアを睨《にら》みつける。彼女はアルファアサルト所属。となれば、アルタード研究員を追っている側のはずである。仮に捕まえたのなら、アヤメちゃん経由で情報が来るだろう。にもかかわらず、直接本人が来るということは。

「詳しくは話せないが、先に謝罪だけしようと思ってね」

ゼシアの低い声に、俺は大体の事情を察する。まあ会社勤めとは辛いもの、上の方針に逆らうのは難しい。ましてや彼女らのような特殊部隊の人間は、脳に爆弾を埋め込まれていたりする。

「アルタード研究員は、随分交渉上手だな」

俺が皮肉げに笑うと、ゼシアは素直に頷《うなず》く。

「あれは本当に凄《すご》い」

「いや褒めてるわけじゃないよ？」

「くっ……負けた……！」

「お前やっぱり相当の馬鹿じゃねぇか。そこは申し訳なさそうにしろよ」

「アルタード研究員、大変失礼いたしました」

「そっちにじゃねぇ！」

まあ何とも、暗黒街らしい筋の通し方と言えば筋の通し方ではある。詳しくは話せない。でも謝罪しなければならない。まあこいつを小突いても馬鹿な情報しか出てこないのでもう追及はやめることにする。床◯ナ系フェイクニュースが出てきたらたまったものじゃないからな。

「言っとくが、挑んでくる以上は覚悟しとけよ」

アルタード研究員の目的は薄々察していた。大掛かりなことをするわりに、結末が見えない。つまりこの状況を作ることそのものが目的で。機密情報と派閥《はばつ》抗争、日本経済会議。そこまで話を混ぜ込んでまで倒さなければならない巨悪とはただ一人。すなわち、『不死計画』を完膚なきまでに破壊した俺という存在に他ならない。

ゼシアは薄く笑う。

「『龍』といっても所詮は生命。僕たちも対策の一つくらいはある」

「ほう、それは楽しみだ。俺を殺せる方法があるなら見せて欲しいな。アルタード研究員がどうせ策を提案しているんだろう？　さぞ合理的なんだろうな」

「回答は控えさせてもらうよ。いずれにせよ、謝罪はさせてもらう。当社は脅《おど》されてやむを得ずやっている」

俺は苦笑いする。こいつらの裏の意図なんて透けている。つまり、この騒動のついでに『龍』を排除できたらラッキーすぎる、ということなのだ。だからわざわざ脅しに乗っている。

まあつまり、それなりの策があるというのは事実なのだろう。

「せいぜい期待せず待っているよ」

俺は手をひらひらと振る。事件の終わりが、近づいていた。

第二十五話　マスター不在の噂話

その日、ランバーは珍しく居酒屋『郷《ごう》』のカウンターにて一人で飲んでいた。理由はマスターが酒を補充するべく買い出しに行ってしまったためである。

普通であれば開店前にやるべきことだが、シゲヒラ議員の影響で酒の量が読めなかったらしい。そこで、店内で一番足が速い俺が行く！　と言って走り出したというわけだ。

「マスター、軽く走ってる感じだったのに衝撃波出てたんだが、じゃあ本気で走れば時速何kmになるんだ……？」

そうランバーがぼやくのも仕方がないことであった。ランバーが知るマスターの情報は断片的なものだ。やたらと二一世紀を引用し、意味不明なことを言う時代遅れな男。かと思えば圧倒的な戦闘力で企業すら怯《おび》えさせる。でも普段の振る舞いは普通で、立場のある人間のそれではない。

全てがちぐはぐ。だから、この日は疑問を解き明かすとても良いタイミングであった。

「おじ様……あら、今日はいらっしゃらないのですね」

場違いな美少女が店に入ってきて、カウンターに誰もいないのを見て残念そうに目を細める。その姿にランバーは見覚えがあった。

ランバーは牙統《がとう》アヤメのことを詳しく知っているわけではない。危険人物だとは周囲の反応や護衛の立ち振る舞いから理解している。ハヤサカと一緒にいたときの会話で、牙統組の重要人物であると確信していたから、ランバーは目の前の美少女とはできるだけ距離を取ろうと思っていた。

だが今回は別だった。膨れ上がる疑問、そして何より酒の酔いがランバーをリスクのある方向に踏み切らせる。ランバーは店内で佇《たたず》む美少女に声をかけた。

「お嬢ちゃん、いつもマスターと一緒に飲んでる娘だよな？　マスターは酒の買い出しに行ってるぜ、しばらくしたら戻るから、カウンターに座って待ってればいいさ」

一瞬背後の金髪の護衛が睨《にら》んできたが見なかったことにする。黒髪の美少女はなるほど、と頷《うなず》いてランバーの勧め通りカウンターの少し離れた位置に座った。

「あら、ありがとうございます。あなたは」

「ランバーだ。何でも屋をやっている。しかしマスターも変な人脈を持ってるもんだ、こんな美人さんと知り合いとは」

「そうなんです、結婚の約束をしていまして」

後ろの金髪美人の護衛が全力で首を振る。まあマスターが変な奴に絡まれるのはいつものことなので、気にしても仕方がない。

それにマスターとこれだけ仲が良いなら、最悪問題が起きても彼が仲裁してくれるだろう。そう思いながら、ランバーは恐る恐る牙統アヤメにマスターについて尋ねる。

「ここのマスターは変な人だよな。妙に強いし、この前は二一世紀生まれを名乗ってたし。あの法螺話《ほらばなし》、そこそこ色んな人に言ってるみたいでびっくりするぜ」

「二一世紀への理解度から察するに近しいことは起きたのではないでしょうか。未来に行くだけなら冷凍冬眠で何とでもなりますし。……そういえば、あなた方がトーキョー・バイオケミカル社からおじ様に助けて貰った方でしたっけ」

しれっと牙統アヤメは「お前のことを覚えているぞ」と告げる。彼女の細い指が、とんとんと不吉なリズムで机を叩《たた》く。

「……よくご存じで。だけれどオレはそんな強者の話を聞いた事が無かったから変だと思ったのさ。だってそれだけ強いなら皆知っていてもおかしくないし、襲ってきた兵士たちも無茶な特攻をしなかった。何か辻褄《つじつま》があわなくないか？」

目の前で氷のような笑みを浮かべる少女に冷や汗を浮かべながらランバーは話を続ける。

これは、本当に大きな疑問であったからだ。

圧倒的な強さなのに知名度が比例しない。この情報化社会でそんなことがあって良いのか。

それに対して牙統アヤメは少し考え込む。が、別段隠す必要のあることではないと判断したらしい。すんなりと彼女は情報を開示した。

「まあ、変な勘違いを招くよりはここで教えておいた方が良いでしょう。端的に言えば、おじ様はとある計画の実験体でした。あの能力たちも、その計画由来のものです」

「企業の先端技術が詰まった肉体か、そりゃ強いはずだぜ」

「そしてある日、おじ様は計画を進める企業たちに対して反乱を起こし自由を勝ち取りました。そう、勝ち取れてしまったのです」

ここで言う企業たち、という中にトーキョー・バイオケミカル社が含まれているのをランバーは素早く理解する。そう、日本を二分する大企業が負けたという事実を。

「……なるほど、企業からすれば負けたこと自体が恥、できるだけ隠蔽《いんぺい》したいわけか」

ここでようやく、ランバーは状況を理解した。何故マスターの力が知られていないのか。

つまり、マスター個人ではなく、企業という組織が隠蔽を図ったからなのである。

結果、大企業の私兵が超危険人物について知らないという異常事態が平然と発生したというわけであったのだ。

「その通りです。一方おじ様はそこまでこの事実を隠すことに固執していません。あまり隠しすぎますと何も理解していない小規模マフィアに襲われたりしますからね。なので、周囲には能力の一部を知られています。また、反乱の際に関与した者であれば実物を目にしていますから、もっと詳しく知っていますね。なので、おじ様に関する情報は凄くまばらです。その人物の立場、過去によって極めて著しい知識の差があるのです」

実際私も、数日前にお父様を問い詰めて初めて知った情報も多数ありますし、などと少女は口にする。とはいっても、この少女の立場を推察するに、そんなに知らない情報があるのだろうかとランバーは疑問に思う。

そもそも、企業の実験体ならば実験データが残っていて、全て解析されているはずではないかとランバーは想定していた。なら、マスターに対して徹底的に対策を行うことだってできるはずなのだ。完璧な無敵を崩せる技術力が、大企業たちにはあるはずなのだ。

だが牙統アヤメは首を振る。

「実験で手に入れたものだけではなく、おじ様が反乱時に回収・吸収した機構もあるようで……」

「あれよりまだ上があるの⁉」

「あるぞぉぉぉぉぉー」

「「ドップラー効果⁉」」

救急車のサイレンのような響きと共に、マスターと酒がやってくる。嵐の前の静けさなのかもしれないが、店内には穏やかな時間が流れ続けていた。

第二十六話

値引きクイズの時間だ！

「メジトーナをパクってやる！　値引きクイズの始まりだ！」

「「「イエーイ!!」」」

あくる日の夜。多くの客は会計を済ませて帰ってしまい、店内に残っているのはドエムアサルトとハヤサカという奇妙な組み合わせであった。因《ちな》みにドエムアサルトは他の客がいるから流石《さすが》に服を着ている。客がいなくても服を着ていて欲しいんだけど。

ドエムアサルトは何時《いつ》ぞやと同じ、白いパーカーにジーンズという姿だが、やはり服を着ているときは可愛《かわい》らしい。ゆったりとした服でも隠しきれない豊かな胸やヒップラインは、そこらのファッション誌でも通用するだろう。まあ中身がアレだから全てご破算だけど。

一方ハヤサカは普通に会社の帰りに寄っただけらしく、黒のスーツだ。この辺りは二一世紀と変わらない……ように見えて、材質はかなり変わっている。今はネクタイを外してシャツの胸元を緩め、物珍しそうに焼酎《しょうちゅう》をチビチビと飲んでいる。

ドエムアサルトと一緒に来たアヤメちゃんについては変態議員に聞きたいことがあるらしく、二階に行っている。……調教とか始めないか凄《すご》く不安だったが、本人曰《いわ》く「仕事の話」らしいのでまあ放っておくことにした。というかシゲヒラ議員とアヤメちゃんがガチで交渉したら凄いことになりそうである。暴力特化の俺は一瞬で置いてけぼりにされて、眠気に耐える時間となるだろう。

というわけで、その隙に新しい試みの一つである値引きクイズを始めることにしたわけだ。俺は洗い物の手を止め、二人に向かってピンと指を立てる。

「ルールはシンプル、俺が簡単なクイズを出すので、正解すれば二割引きだ！」

このゲームの着想はランバーと行ったおっパブからである。あの店での飲み比べは思わぬ面白さがあったというか、店と客の架け橋を作っていたというか。……という言い訳の下、俺がクイズをしたいだけである。

ハヤサカとドエムアサルトは熱い視線を俺に向ける。

「よーし、全問正解するっす！　抜け忍の人に負けるわけにはいかないっすからね！」

「抜け忍の人ってなんですか抜け忍の人って」

「そうだぞ、まるで企業から退職することが悪いみたいじゃないか」

「人じゃなくてお嬢様の犬です！」

「そこ⁉」

因みにこの二人は妙な縁がある。ハヤサカはトーキョー・バイオケミカル社の社員であり、ドエムアサルトもかつてはそこに所属していた。となればちょっと雰囲気が悪くなってもおかしくないはずだが、二人は至って普通の知人のように話している。

「売り上げに関係しなければ文句言われないっすよ。牙統組《がとう》ですから上手く処理してくれたでしょうし、移籍もそこまで揉《も》めていないと思いますよ、表面上は」

普通、最強戦力アルファアサルトの（信じたくないが）隊長を引き抜かれたからには相応に揉めると思ったのだが。そこは流石牙頭組といったところか。

まあこのアホ頭を鑑みるに、もしかしたら強力な記憶洗浄でも行ったのかもしれない。あるいは死亡扱いにしてしまったせいで追えなくなった、とかだろうか。こいつも苦労しているらしい。

「あと、最近はアルファアサルトも治安維持戦闘部隊も何やら忙しそうですから。上司も私に構っている暇もなくなってきてますね。それとやけに私にアルファアサルトから情報提供の依頼がかかってるっすね」

「感謝、恩は先に売っておくもんだな」

「……この程度で返せたとは思えないっすけど」

ハヤサカはしれっと社内の情報を流してくる。それを統合すれば、まあ何が起きるかは分かるがこちらから手を出す必要もない。状況によってはちょっと困る可能性もあるけど、まあ何とかなるでしょう。そんな感じで仲良く話しているとドエムアサルトがぷくーっと頬を膨らませる。ハムスターかよ。

「アルファアサルト内ではカリスマとして知られてたっすよ、この人」

「どこが⁉」

「失礼ですね、私ほど美しく強い存在はいませんでした」

「ああ、戦闘力と顔面だけで尊敬されてたパターンね」

「何ですと、やりますかターボチ〇ポ店長！」

人には様々な過去がある。まあそれを掘り返すべきときもあればそうでもないときもある。少なくとも今は値引きクイズの時間だ、この変態の武勇伝を聞く時間ではない。とりあえず早速クイズを出してみることにしよう。

とはいってもクイズは難しすぎては意味が無い。酔った頭でも分かるくらいに簡単で、それでいてちょっと考えるくらいが良い。まずは小手調べ、超簡単な一問だ、答えも当然予測できる。

「パンはパンでも食べられないパンはな〜んだ！」

「人食いパンダっす！」

「ちょっと待てもっと答えがあっただろ⁉」

さすがに回答者側がフルスロットルすぎる。パンツとかフライパンとか、選択肢は無数にあっただろ。なんでそんな答えになるんだ、あとパンダは食えるぞ。

俺は戦慄《せんりつ》するがドエムアサルトとハヤサカは当然だよな、と言わんばかりに頷《うなず》きあっている。そんな訳がない、そもそもパンダは弱いし人を殺さない。

「パンダはアサルトライフルを撃ちますよ？」

「アサルトライフル⁉」

「パンダが出現する地域の人らは相当苦労しているらしいっすよね」

やべえ、どんどん酷《ひど》いワードが出てきて聞きたくなくなってくる。パンダから連想される単語じゃないんだよその辺り。パンダと言えば笹《ささ》、笹と言えばパンダだろ。アサルトライフルと人食いは繋《つな》がってこねえよ。

「あとフライパンは食えるっすよね」

「パンツもです、消化酵素持ちなら余裕ですよ」

「んなわけあるか、人間離れしすぎだろ！」

「「あなたが言うな！」」

失礼な、俺は空気を食うくらいしか能力がないぞ。特殊触媒があれば二酸化炭素からの有機物変換、意外と簡単なんだよ！　そう言うと、二人は更に表情を青ざめさせた。

「確かに、録画データでは増やした腕の原料が見つからなかったですが……」

「てっきり脂肪とかを変換してるかと思ったんすけど、空気中……？　実質無限再生持ち

「……？」

「しれっとチューザちゃんとの訓練を盗撮してやがったのかよ、お前らの組織。まあ隠すようなもんじゃないけど」

二人がどんどん怯《おび》え始める。そっか、チューザちゃんとか訓練後に馬鹿ほど食べてたもんな。なるほど、肉体を変化・戻すエネルギーの供給はそりゃあそちらの方が一般的か。ダイエットにとても便利そうな機構である。それはさておくとして。

「二人共外れ、人食いパンダは俺が観測していないので実在しているか不明でーす」

「シュレディンガーの人食いパンダでしたか」

「箱を開けて人を食ってたら人食いパンダ、役人を食ってたら反政府パンダってことっすね」

「ノーマルパンダはどこいった⁉」

突っ込んでもキリがないので第二回戦に突入する。ハヤサカとドエムアサルトは「次こそは正解してやる……！」と意気込んでいる。いやお前ら二人ともそこそこ高給取りじゃん。この店の支払い程度簡単にこなせるのに何ムキになってんだよ。あと正解する気なら人食いパンダなんて回答をするんじゃねえ。

「弟には二つ、妹には一つ、なーんだ！」

「シュレディンガーの反政府パンダっす！」

「合体させるな！」

もうパンダから離れろよ！　と俺はハヤサカの頭をメニュー表で軽く叩《たた》く。今どき珍しい紙のメニュー表の攻撃を受け、痛くもないくせに「うひょん」なんて変な声をハヤサカは出す。羨ましそうにしている隣の変態に俺は回答を促した。

「それで、答えは？」

「チ〇ポですね」

促すべきじゃなかったぜ。ドエムアサルトから出てきた終わっている答えに頭を抱えながら、怒りの鉄槌《てっつい》を振り下ろそうとする。だがきょとんとした様子のドエムアサルトは、自身の正解を疑っていない……!?

「ランバーさんの家のチ〇ポはそうだと聞いています」

「家庭環境が複雑！」

だめだ、二三世紀の人間がフリーダムすぎて別解が多すぎる。答えは「と」だよ。おっと、で二つだしな。自信満々なドエムアサルトの横で、俺は困ってしまう。

「これだと値引きクイズが成立しない……！」

そう、値引きクイズはその性質上、分かりやすいただ一つの答えがあるべきだ。となるとなぞなぞはやはり向いていない。でもクロスワードパズルとかにするとこいつら計算プログラムで算出してくるからな、困ったものだ。そう思っているとハヤサカがヒソヒソと耳打ちしてくる。それを聞いて俺は手を打った。

「『龍』、おあいそ頼ム。あと人質は返ス」

「あうん♡」

「おうよ、今値引きクイズをやってるんだが、どうだい？」

翌日夕方。ジャックがまた人質作戦に失敗し帰ろうとしたとき、俺はそう提案する。膝が増設されたことでお馴染《なじ》み高身長ジャックは少し戸惑った表情を見せた後、愉快そうな笑みを浮かべ親指を立てる。

「安くなるならいいな、じゃあやらせてくレ」

「よし、記念すべきクイズ挑戦者一人目ゲットだ！」

こいつは自分の膝を元に戻すために金がいるらしく、あっさりと乗ってきた。ハヤサカ作の、渾身《こんしん》のクイズが炸裂《さくれつ》するぜ。答えは一つ、しかし適度な難易度の値引きクイズを食らえ！

「手は一二本で足は八本、マッハ三で動く居酒屋のマスター、だーれだ！」

「いるわけねえだロ！」

「答えは俺！」

「博士の実験体とはいえお前は人間だ、嘘《うそ》つくナ！　証拠を見せてみロ！　……え、本当に腕が増えてる……もしかして全部真実なのカ……!?」

ジャックはそれから数日の間、人質を取りに来なかった。噂《うわさ》によると手が一二本で足が八本、マッハ三で動く恐怖生命体の店に行くことにちょっと怯えちゃったらしい。

お前人質を取るくらい度胸あるんだからそれくらい我慢しろよ。あと膝が多いのも相当異形度高いのに、なんで俺のにはそんなにビビるんだよ……。まあ確かにマッハ三となると足の生えた戦闘機みたいなもんだけどさ……。

解せぬ、完璧なクイズだったのに、と思いながら俺は一度しか出せなかったこのクイズを封印するのであった。

第二十七話　問診に参りました

数日が過ぎたある日、シゲヒラ議員は背伸びをしながら店のシャッターを閉める。時刻は既に夜一二時で、店の周りには人通りもない。

今日も店は大繁盛だった。マスターは大喜びで料理を作り続け、一か月は持つと思われたコロッケの在庫が遂《つい》に切れてしまった。

「明日仕込み手伝ってもらうから、早く寝ろよ変態」

「はいっ♡」

「きっも」

三階から届くマスターの声は、以前と比べ随分と嫌悪が減っている。何故か知らないが、あのマスターはやたらと感覚が古い。かつて自分がいた家と変わらないほどに。

違うのは排除する気が無いことだ。もう少しすれば、ネタにされることはあれど本当にシゲヒラ議員の在り方自体を嫌がるようなことは無くなるだろう。

「一先《ひとま》ず受け入れてもらえそうで何よりじゃ」

それはシゲヒラ議員の本心だった。そもそも今のシゲヒラ議員は犯罪行為を引き起こした、明確な邪魔者。持っている情報や立場、肉体を考えれば、いつ誘拐《ゆうかい》されて拷問《ごうもん》されてもおかしくない。

目覚めた新性癖、ドMで対抗しようにも拷問は流石《さすが》に許容外だ。ドエムアサルトほどの深みには、シゲヒラ議員は未《いま》だ到達できてはいなかった。そんな中、自分が呑気《のんき》に居酒屋で店員をやれているのは正にマスターのおかげだった。

「お休みなのじゃ」

店前を片付け、三階のマスターに挨拶してから二階の元麻薬倉庫に移動する。もともとここは麻薬の売人から分捕《ぶんど》った建物らしく、妙に広かったりトイレが一階にしかなかったりと変な所がある。

全く使っていなかったのか、コンクリートの床が無機質に広がるだけの空間。それが最初にシゲヒラ議員に与えられた寝床だった。だが今は、その場所は大いに変貌《へんぼう》しつつある。

床にはカーペットが敷かれ、質の良いベッドが置かれている。箪笥《たんす》には何枚もの服が仕舞われており、シゲヒラ議員はその中からパジャマを取り出して着替え始めた。

これらは全て、マスターから貰《もら》った給料で買ったものだ。勿論《もちろん》過去の隠し財産に手をつける、ということも考えたが今はしない方が楽しいと判断したのだ。

裸になった自分の体を見る。陶磁器《とうじき》の如《ごと》く美しい作り物の肌、所々に存在する換装部の継ぎ目。鏡に映る端整な顔。かつて思い描いた理想そのものがあった。

そんなことをしていると、自身の脊髄《せきずい》置換機構に一件の着信が入る。見覚えのある名前に、シゲヒラ議員は眉を顰《ひそ》めながら応答した。

「アルタード研究員か」

『久しぶりだな、シゲヒラ議員』

通信先から聞こえる低い声。かつての自分の声が耳元に響いていた。苦い記憶を思い出してシゲヒラ議員は顔をしかめる。

「日本経済会議を延々と引き延ばしながらトーキョー・バイオケミカル社に追い回されているのじゃろう？　儂《わし》に構っている暇などあるのか？」

『如何《いか》にも。だが今は派閥《はばつ》抗争中だ、隙を突けばやりようもある。日本経済会議の票、貴様から奪った金。それに在社中に得た弱みを組み合わせれば、トーキョー・バイオケミカル社を特定の方向に誘導する程度容易い』

特定の方向、という言葉の意味するところがマスターだということを、シゲヒラ議員はハヤサカからの情報である程度察していた。研究者であるにもかかわらずその手回しの早さは流石だ、とシゲヒラ議員は感心しながら嫌味を投げつけた。

「プランM施術後に自我崩壊したのじゃ、お主これを想定していたな？」

『何のことか分からないが、乗り越えたのなら問題ないだろう。実際私の方も乗り越えているわけだしな』

「それは気になっていたのじゃ。お主の方も自我崩壊が起きるはずじゃ、どうやって乗り越えた？」

これはシゲヒラ議員の以前からの疑問だった。自身は自我崩壊を起こしたのに、アルタード研究員は何でもないかのように活動を続けている。だがその回答はシンプルだった。

『慣らせばいい。例えば私はお前の体に近いパーツを用意し、少しずつ換装してから意識を入れ替えることで自我崩壊を防いだ。自我崩壊は急速な体の変化による心身の異常が原因だ。だから、ゆっくり慣らしてやれば負荷を低減できる。勿論感覚器を大幅に増強するような場合はこの方法でも対処が難しいが、お前の肉体は身体改造をそこまでしていない。だから自我崩壊が起きるようなことはなかった』

「初めて聞いた話じゃな」

『大体の検体は過剰な身体改造により自我より肉体が先に不具合を起こす。故にサンプル数が少なく検証できていないのが実情だ。まあ私の感覚的には確かなのだが』

言い換えれば、アルタード研究員はやはりシゲヒラ議員の自我崩壊を前提としていたということであった。そのような体の慣らしをアルタード研究員より提案された覚えはシゲヒラ議員には無かった。アルタード研究員は悪びれずに話題を逸《そ》らしにかかる。

『それより女の体はどうだ、楽しめているか』

「……そうじゃな。企業どもの陰謀《いんぼう》に気を配る必要もなく、身内からの裏切りに怯《おび》える必要もなく。一般市民から嫌悪の目を向けられることもなく、ただ優秀で可愛《かわい》い店員と見られるのは、紛《まぎ》れもない幸福じゃ」

それはシゲヒラ議員の本心だった。かつて、シゲヒラ家当主となり、世襲議員として金を得るべく奔走《ほんそう》した日々。しかし結果としては周囲からの冷たい目と休まらない心を抱え、稼いだ金をストレスの解消で消費する、虚《むな》しい日々だった。

「初めは金が欲しかった。……それが間違いだったのじゃ。儂の根本にあったのはつまらない承認欲求。他人に認めて欲しい、褒めて欲しいなんていう幼児でも分かる願望。それら全てが金で買えると勘違いして走り切った後には虚無が残った。目的と手段が逆転していた。今までの労力が無駄だと知った瞬間、精神の枷《かせ》が崩壊した。今まで戒めていた本心に従い様々な物に手を伸ばした。『伝統的』な家では忌避《きひ》されることにも」

『女装趣味や性転換、というよりはシンプルに可愛くなって周囲からちやほやされたい、という話だったな。くく、数十年もの間それにしっかり蓋《ふた》をしていたと知ったとき、少し感心してしまったぞ。思ったよりお前、仕事人だったのだな』

意外とこういうものは隠せないからな、というアルタード研究員にシゲヒラ議員は少し黙る。改めて考えると、シンプルにそれだけの話だ。それだけの話のために、自分は他人を危険に晒《さら》しこのアルタード研究員という人間を野放しにしてしまった。

今、シゲヒラ議員の体の中にアルタード研究員の意識が入っている、と知っているのはトーキョー・バイオケミカル社と限られた者のみだ。日本経済会議中に彼が何かをしでかすのであれば、シゲヒラ議員は自分に止める義務があると思っていた。

「アルタード研究員、お主は何を目的にしておる?」

覚悟を決めてシゲヒラ議員はそう告げる。シゲヒラ議員は自身の肉体が何の保険もなく渡されたものだとは思っていない。自爆機構の一つや二つ隠れていて、アルタード研究員の気分一つで爆発してもおかしくないと思っている。

だが、アルタード研究員は特に気を悪くした様子もなく、『私の体は面白いと思わなかったか?』と返した。

アルタード研究員の体。数多《あまた》の身体改造を繰り返した、何にでもなれる肉体。本来は男であったのに、性器を抜き取り腕や胴体を置き換え、僅《わず》か数日の間で完全な女の体に変換してみせた。アルタード研究員の歪《ゆが》みの象徴とすら言える。

『私は、トップに立ちたかった。何でも良い。足の速さでも暴力でもゲームでも研究でも、何でも良い。誰よりも優れている一つが欲しかった。どんな他者にも誇示できる、最高の一つが欲しかった』

その気持ちはシゲヒラ議員も分からないではなかった。だが世界一の何かを持つことは、電脳世界が発達し狭くなったこの世では不可能に近い。

かつて世界は広かった。ネットのない世界では村一番でも他者に誇るには十分だった。しかし今は簡単に上位互換が見つけられる。常に誰かの下位互換として生きるしかない。

『私にはそれが許せなかった。だからありとあらゆる方法で自身を強化した。戦闘用に脊髄と四肢《しし》を置換した。研究用に脳を肥大化させ、制眠機で時間を手に入れた。だが無数に身体改造を繰り返した結果として分かったのは、私には才能がないということだった』

「身体改造をしても、届かなかったのじゃな」

『如何にも。無数のジャンルに手を伸ばし、世界一を目指した。お前が持っている肉体はその過程で生まれたものだ。だが結局の所、私には身体改造に耐える肉体と自我崩壊に耐える精神はあっても、それ以外は無かった。どれだけ改造しても先が無かった。だから、他人になろうとした。自身に才が無いという現実を乗り越えようとした』

「…………」

『「不死計画」プランM。完全電脳化構想をベースにした意識の入れ替え。やっていることは簡単だ。まず元の脳と培養《ばいよう》した脳、もしくはそれに相当する機械を接続する。接続すれば、二つの脳を一つの意識で支配していることになる。次に薬で徐々に本来の脳を停止させていく。すると自然と足りない処理能力を補うように、停止した分の処理は培養した脳で行うことになる。それを少しずつ繰り返していくことで、連続性を保ちながら意識を移動させる』

つまりこのプランMとは、主観と連続性の概念を元にした不死の研究であった。この方法であれば、主観は維持されたまま、使用しているCPUが入れ替わったような形になる。あとは記憶などのデータベースさえ外付けの機械などで補えば、古い脳から新しい脳に意識を移し、連続性を保つことができる。

そして、アルタード研究員はそれを転用した。

『私は才能とは、脳の形質に依存すると思っている。脳そのものの改造は、困難も多く外部と連携させるのが精一杯だった。才能を直接埋め込むような技術は存在しない。だから私は、才能のある脳に移ろうとした。現実を乗り越え、夢を叶えようとした』

とした。その表現が意味することとはすなわち。

「失敗したのじゃな」

『プランMを奪い、実行するより早く「龍」が出現した。奴が暴れ回ることで「不死計画」自体が中止になり、散り散りになった。プランMは未完成で、記憶や性格の一部が抜け落ちる問題は、解決しないままだった。またしても私の夢は失敗に終わり、もはやどこが元の自分だったのかすら分からない肉体だけが残された。現実が、お前は何をやっても世界一にはなれない、他人の下位互換だと再び突き付けてきた』

「マスターの肉体を奪えば世界一になれるのじゃ」

『それは無理だ。あれはそもそも人間ではない。それに、私の夢を潰し現実を突き付けてきた奴の肉体など反吐《へど》が出る。だから、復讐《ふくしゅう》してやるのだ。今度は私が四五二七号、「龍」に現実を突き付けるのだ。最強も不死も存在せず、貴様は井の中の蛙《かわず》でしかないのだと』

アルタード研究員はそこまで語ってから、ふぅと息を吐いた。シゲヒラ議員の耳元には彼の息遣いと背後で鳴り響く足音と金属音が聞こえる。すなわち私兵と武器。

もうここまで来たならばアルタード研究員の目的は明白だった。とてもつまらなくて理不尽で、しかし確固たる目的。

「マスターを殺す気なのじゃな」

『如何にも。お前の体を貰ったのも、動かせる金と権力を最大化するためだ。入れ替わりに気づかれるのが想像以上に早かったが、まあ問題はない。日本経済会議を引き延ばしている間に全てを終わらせてやる』

アルタード研究員は低い声で笑い続ける。シゲヒラ議員は深くため息をつきながら、パジャマに着替え始める。

「逆恨《さかうら》みにも程があるじゃろう。これだけの事態を引き起こした動機がマスターへの復讐じゃとは」

『感情というものはそもそもそんなものだろう。他人にとってはどうでもいいものが、私にとっては命をかけるに値する』

「そういうことではないのじゃ」

シゲヒラ議員はため息をつきながらくまさんパジャマ（フード付き）を被《かぶ》り、ベッドに倒れこむ。今回の件は本当にマスターからしてみればとばっちりもいいところだ。

『不死計画』についてシゲヒラ議員はアルタード研究員から貰った情報しか知らない。

だがその計画の唯一の成功体であるマスターについては、間近で見たからこそその強さを感じていた。

「議員として生き残るコツが一つあってな。普段の相手の立ち振る舞いからその力量を測るというものじゃ」

『？』

「儂が見るに、マスターの戦闘能力は怪物そのものじゃ。牙頭《がとう》組全員を相手に回しても本気で勝てると思っている。いや、既にやったのかもしれんの」

『……確かに戦闘面で言えば、そういう記録もある。故に先手を取って……』

「違うのじゃ」

シゲヒラ議員は深くため息をつく。ここしばらくの間、シゲヒラ議員はマスターの周りにいた。その上で思ったのはあまりにも無防備だ、ということだ。鍵は旧式のものだけで、周囲に防衛設備を置いている様子もないのにぐっすりと寝ている。シゲヒラ議員でも夜襲を仕掛けられるほどに。

「恐らくお主が想定している程度の戦力ではないのじゃ。もっと馬鹿馬鹿しい、呆《あき》れるほどの戦力差がそこにはあるのじゃ」

『……私は奴の無敵の秘密を知っている。潰しようはある』

「そうとは思えぬのじゃ。……まあ、儂が言うことではないが、目的と手段を取り違えぬようにの。お主は何のために世界一……」

『……通信を切る。捜査かく乱の礼に、貴様は狙わないでおいてやる』

アルタード研究員は極めて不機嫌な様子で通話を切る。この通話は本当にシゲヒラ議員の様子を聞くためにかけてきただけなのだろう。

「なりたかった者に、なれたのか。じゃな」

シゲヒラ議員にとって、その答えは言うまでもない。嵐の前の静けさという言葉を思い出しながら彼はベッドの中に入るのであった。

第二十八話　俳人の皆様に謝罪しろ

「私から一句です！　実るほど頭《こうべ》を垂れるチ○ポかな」

「元の句を詠《よ》んだ人に謝れ」

「無茶な身体改造を繰り返した結果ホルモンバランスなどが崩れ、能力と引き換えに不能になっていく戦闘員の悲哀を詠んでいる歌ですね。犬の割には頑張りました。八○点」

「季語は何だよ」

「性欲の秋って言いますよ！」

「言わねぇよ！」

あくる日の夜、カウンターのドエムアサルトとアヤメちゃんは夜食用の合成された棒状の何かをつまんでいた。俺から見ると汚い緑色で不味《まず》そうなのだが、シゲヒラ議員曰《いわ》く完璧な比率で配合された売り切れ必至の神食らしい。マジでよく分からなかったが、まあ折角ということで注文したら飛ぶように売れる売れる。……ってか売り切れ必至なのにどうやって入手したんだ変態議員の奴。

他の客についてはシゲヒラ議員が対応してくれており、勝手に酒を倉庫からとり出して注いでくれている。……不正とかするんじゃないか、って睨《にら》んでいたんだけど正確に管理された帳簿を渡されておったまげたのは内緒だ。マジで誠実に仕事してくれるんだよなこいつ。

「店員ちゃん可愛《かわい》いねえ」

「嬉《うれ》しいのじゃ！　でも割引はないのじゃ！」

まあ自分の能力を発揮できるし、安全は（多分）保証されてるしでまあ頑張りたくなるのは分からないでもないけど。そんな素晴らしい店員が頑張る一方で、クソドM女は大声で下ネタを叫んでいるのであった。防音設備で本当に良かった。

「さて次はマスターが詠む番ですよ」

「ちょっと待て何だこの俳句バトルは」

ドエムアサルトは自信満々にその胸を張り、ジャッジを務めるアヤメちゃんは嫌な笑みを浮かべる。ってかドエムアサルトの野郎最近やけに露出の多い服を着てやがるから目の毒なんだよな。今着てるのもやたらと色んな所が開放されたスーツみたいな感じだし。全裸のときは変態さの方が際立っていたが、こうなるとちょっと流れが変わってくる。

ドエムアサルトのちょっと汗ばんだ谷間に向かう視線がアヤメちゃんに気づかれたらしく、凄《すご》くジトッとした目で睨まれてしまう。慌てて俺は誤魔化すことにした。

「さっきの点数付けてたやつは何なんだ?」

「『下ネタ俳句バトル』ですね」

「聞かなきゃよかった……」

　マジで知りたくない情報だった。しかしお嬢様から出てくる言葉がこれかよ。そう思って嘆息していたが、どうやら内情は異なるらしい。

「俳句はかなり昔の文化でとっつきにくいという理由から、近年では敬遠されていました。ですが下ネタを組み合わせバトルという形式をとることにより、昔の文化により親しみを持ってもらうことができるんです」

「それっぽいこと言ってるけど出てくるのは冒頭の俳句だぞ⁉」

「ええ、その性質上本歌取りをする歌が多いですね」

　う、そう言われると何か悪くない文化に思えてきた……。伝統に中指を突き付けることでおなじみこの暗黒街で、授業で習った懐かしいフレーズを聞けるのは悪くない。

　というかこの文化自体が実は先鋭化した反伝統・過剰な資本主義へのカウンター的な存在なのかもしれなかった。となると乗ってやるしかないのだろう、俺はため息をついて句を詠む。えっと、昔の俳句を改造すればいいんだろ?　もうやけくそだ。

「古池や全裸飛び込む水の音」

「安価な身体改造に手を出した結果、パーツ不良による熱暴走などの異常が多発した人々の末路をよく表しています。しかし上品すぎますね、六九点」

「もう訳が分からねえよ」

そんな光景あるなんて知らねえよ、あとこれでドエムアサルトのドヘタな俳句に負けてるのマジで納得いかないんだが。ドエムアサルトはふふんと上機嫌になっている。うわ、あの顔凄く腹立つ。

「マジでどうでもいいバトルのくせに何か熱くなってきたぞ……！」

「お客様、空いたお皿をお下げしますのじゃ！」

俺たちがカスみたいな会話をしている横で、変態議員は丁寧な接客を続けている。もうこの店の名前、居酒屋『メス堕《お》ち世襲議員』にした方がいいかもしれない。そろそろ真面目に接客技術とかクソ客のいなしかたとか教えてもらった方がいいな。あの変態が消えたらこの店終わるぞ。アルタード研究員に替えのメス堕ち世襲議員を用意してもらう必要が出てくるじゃねえか。

そんなことを考えている横で、ドエムアサルトの奴は勝手に第二ラウンドを始めようとしていた。

「私が再び先行です！　鞭《むち》打てばマゾが鳴くなり法隆寺」

「熱い法隆寺への風評被害やめろ」

「咳《せき》をしたら二人」

「分裂した⁉」

「前者は自身の様子をよく表しています、七五点。後者は人格分裂の様子を描いていますが描写不足ですし上品です、六五点と連続攻撃補正で五点」

「補正システムあるの⁉」

本当に最悪な会話である。そんなバカげたことを話しているうちに背後の客は徐々に帰っていく。まあこの暗黒街を真夜中に歩くのは怖すぎる、早めに帰るのが正解だ。だがアヤメちゃんは全くそんな様子もなく、困っている俺を見てなまめかしい笑みを浮かべる。

……下ネタを切るいいタイミングだし言っておいた方がいいか。

「すまんな、わざわざ」

「あら、気づいてたのですね」

「まあ毎晩わざわざ最後まで残ってたら気づくよ。……客に迷惑がかからないよう抑止力になってくれてたんだろ、この店を狙ってる集団の。牙頭《がとう》組のご令嬢に流れ弾を当てるわけにはいかないからな」

俺はちらり、と扉の外を見る。通常の視覚では捕捉できないほどの僅《わず》かな反射光は、そこに隠された監視カメラの存在を示している。つまり以前ハヤサカやゼシアが言っていたトーキョー・バイオケミカル社の妙な動きとはこういうことだった。アヤメちゃんは呆《あき》れた様子でため息をつく。

「とんでもない無茶をする方がいるそうで」

「トーキョー・バイオケミカル社の派閥《はばつ》抗争を上手く利用したんだったか。諸々《もろもろ》のカードに加え、いざとなったら機密をばらまくぞという脅しも使える。本当に研究者か？」

よく頑張ったものである。俺と正面戦闘をする準備は十分、ということらしい。そしてその際に最も考えられるトラブルこそが、客が巻き込まれることだった。

「向こうの部隊にも話を通しています、他の客には手を出すなと」

「それを頼もうと思っていたのに、言う前にやってくれるとは本当にいい女だよ、アヤメちゃんは」

「ではマゾ化で返していただけますでしょうか」

「性癖以外はな！」

そう言っている背後で、遂に最後の客が店から出ていく。それを見て、アヤメちゃんは憂鬱そうなため息をついた。このまま彼女が帰ってしまえば、そのまま戦闘が始まってしまうだろう。アヤメちゃんは目を伏せながらぽつり、と呟《つぶや》いた。

「……いざというときのために、戦力を配置しております」

「過保護だなぁ」

「心配なのは、本心ですから。最強と呼ばれたとしてもそれは永遠とは限りません。おじ様が最強とはいっても、時と場合によっては」

アヤメちゃんの懸念も分からないではない。彼女は身を乗り出し、俺の手を取る。その細い指は、アヤメちゃんがどこまでいってもまだ一六歳の少女であることを示していた。

「おじ様が死んでしまったら私は……」

それはアヤメちゃんの吐いた珍しい本心からの弱音であった。冗談で言うことはあってもここまで切実な声色であることは初めてだ。困ったなぁ、と顎《あご》を掻《か》きながら俺は彼女を慰める。

「大丈夫だって、心配すんな。お前の親父さんを叩《たた》きのめした俺を信じろ。それに実は隠している力があと七〇個くらいあるんだ」

そう言いながら俺はぽんぽん、と彼女の頭をなでる。……やべ、反射的にやっちゃったけどこれって二一世紀でもセクハラなんだっけ。嫌だぞ戦闘前に警察にお世話になっちまうの。その方が安全かもしれないけれど。

アヤメちゃんは少し安心したような表情になり、目を閉じた。

「このまま接着します」

「なでることしかできなくなっちゃう！」

アヤメちゃんが帰った後。シゲヒラ議員はいそいそと片付けを始めている。背が足りないからむん、と背伸びをしながら壁の上にたまったほこりを払っていた。が、そろそろなのを察知して俺は声をかける。

「シゲヒラ議員、お疲れ様。もう明日でいいぞ」

「マスター、もっと褒めて欲しいのじゃ」

「……変態マゾ豚、とっとと消えろ」

「はいぃ♡　…………ご武運を」

若干白目を剝《む》いた真顔でシゲヒラ議員は二階に上がっていく。二階の倉庫は防備がしっかりしており、並の爆撃では中の人間は死なないはずだ。しかし最後に一瞬見せた心配そうな目を見て少し笑ってしまう。

どうにも最近、暴れていないせいで弱く見られている気がする。まあそれ自体は別にいいんだけれど、心配をかけるのがちょっと申し訳なくなってしまうのだ。

「陰謀にも勢力争いにも興味ないんだけどな。まったり居酒屋させてくれよ」

俺はゆっくりと店の外に歩き出す。既に夏が近くなっており、外はこんなに暗いのに蒸し暑い。全自動除湿装置とか空に浮かべてくれないかな、なんて思ってしまうレベルである。そしてそんな空気よりも熱い視線が俺に注がれている。

道は以前と比べ少しゴミが増えている。この辺りを通る客も増えたし、俺も仕込みに時間を取られ、あまり道の掃除ができていない。そろそろ金を払って誰かにやってもらってもいいのかもしれないなぁ、なんて思ってしまう。

まあそのためにもまず、目の前のややこしい案件を解決するべきだろう。幸いにも相手は俺の得意とする土俵に乗ってくれた。後は潰すだけである。

以前チューザちゃんたちと戦った広場まで来た俺は、周囲を見渡す。暗黒街の隅にあるこの場所に人は住んでおらず、廃ビルがあちこちに並んで先を見通すことができない。僅かに隙間からは繁華街の光が漏れていた。

薄暗い電灯の光の下で、俺はちょいちょいと宙に向かって手招きをした。

「かかってこjevf]

瞬間、俺の頬に恐ろしい衝撃が走り頭に爆音と痛みが反響し全てが滅茶苦茶になる。途切れる意識の中、強化した聴覚は僅かに彼らの言葉を捉えていた。

「アルファアサルト各位、これより対象の再生速度を上回る火力にて人間部を連続破壊し、自我崩壊を引き起こす。射撃開始！」

第二十九話　VSアルタード研究員！

「諸君、お集まりいただき感謝する」

『……作戦が終了次第、契約を履行させる。分かっているな、アルタード研究員』

「勿論《もちろん》だ、アルファアサルト現隊長殿。それがあるからこそトーキョー・バイオケミカル社革新派の協力を得られたのだからな」

『龍』との戦闘が始まる二時間前に、作戦参加者はオンラインにてブリーフィングを行っていた。参加者はアルファアサルト二四名及びアルタード研究員。作戦対象は通称『龍』と呼ばれる存在。ただの居酒屋のマスターにして、数多《あまた》の組織から脅威と認定される一個人。

ゼシアはその中の一員として参加して、耳を傾けていた。『龍』討伐作戦。だが未《いま》だに、何度も会話したからこそであるが『龍』が最強であるイメージが湧いていなかった。だがそんなゼシアを他所《よそ》に、隊長たちは深刻な表情で説明を続ける。

「まず、『龍』は不死計画プランBの完成体だ。簡単に言えば、プランBで行われていたのは人間に複数の異なる遺伝子を導入し、発現させることだった」

『……それは自我崩壊が起きるのではないかな？』

「ああ、そうだ。他の遺伝子を導入すればするほど人の要素は薄まり獣に近付いていく。だがプランBではその問題を克服した、遺伝子改変による完全な不死の生命の創出を目指した。銃弾を弾《はじ》く鱗《うろこ》を持ち、無限に再生し、空を飛翔《ひしょう》し口から吐く火で全てを焼き尽くす。これですら機能の一つに過ぎない。不死を謳《うた》うのだ、ミサイル一発で死亡するわけにはいかない」

『……それはかつての我らも身をもって実感した。あの化け物に勝てる未来が我々には見えなかった』

「だろうな。『龍』という呼称は非現実的な存在を揶揄《やゆ》して付けられた名だ。よもや完成体が生まれるなど、誰も思いやしない」

暗黒街にて最も恐れられる存在の一つと言える、トーキョー・バイオケミカル社の戦闘部隊、アルファアサルトの弱音を会議参加者は当然のものとして受け止める。

車を片手で持ち上げ叩《たた》きつけるだけの攻撃で、ハエ叩きの如《ごと》く無様にやられた記録がアルファアサルト現隊長の頭によぎった。

一方その隣で話を聞いているゼシアやその他の若い隊員は、首を傾《かし》げる。『龍』との戦闘に参加した経験のない彼らにとっては、やはりその力はデータ上のものでしかない。だからゼシアだけではなく、数多の兵器を用意した本作戦で、本当に自分たちの方が格下なのか、若い隊員たちは心の中で疑っているようであった。

だが経験者であるアルタード研究員や現隊長は一切油断をしない。敵があまりにも強大な怪物であることを前提として、話を進める。

「奴の最も恐るべき能力は体内二七箇所に存在する細胞再生器だ。小指ほどのサイズのそれがある限り、奴は無限に再生し続ける。これを利用することで通常ではありえない腕の増加や筋力増強など、高速かつ体積無視の遺伝子発現を行うことができる」

再生器、というがその実は炭素固定触媒及び超圧縮された細胞分裂用素材の貯蔵が……などとアルタード研究員は続けるが、すぐに参加者が話についてこれなくなったのを理解し、説明を切り上げる。アルファアサルトの隊員の一人は、おずおずとアルタード研究員に質問を投げかけた。

『じゃあ先手を取って細胞再生器を全て破壊するということですか？』

「貴様らは普通の、銃弾で死ぬ人間との戦いに慣れすぎだ。通常の人間体でも、奴の体には常軌を逸した性能があることが発覚している。もし先手を取って二七箇所全てを破壊し尽くすなら、ミサイルの大量投下をしなければならないだろう。細胞再生器が一つでも残っていたら他の細胞再生器ごと体が元に戻ってしまう化け物相手には、その作戦は不適切だ。そして今回、弾道ミサイルの類《たぐい》は使用できない」

さらに言えばミサイルでは精度に欠けるだけではなく爆発が大きすぎて、『龍』の体があらぬ方向に吹き飛ばされる危険もある。そうなればあっさりと全身を再生されることは間違いない。

そして一度逃がしてしまえば、各個撃破は免れない。故に初撃は相手に逃げる余地を与えず、それでいて効果的な攻撃を行う必要があるのだ。アルタード研究員は淡々と説明を続けていく。

「そこで自我崩壊だ。貴様らは実感済みだろうが、感覚器一つ、腕一つ変えるだけで人間の自我はずれていく。肉体と精神は強く結びついているのだ。遺伝子発現の制御に失敗すれば、人ではなく獣の肉体を再生することになってしまう。急速に襲い来る異常な情報と違和感の奔流には耐えられまい」

『強さは変わらないのではないか？』

「分かっていないなアルファアサルト。人の思考で怪物の肉体を制御されるから恐ろしいのだ。獣の脳で思考するならば幾らでも搦手《からめて》が効く」

『具体的な手法は』

「奴のデータは破壊されて存在しない。だがプランBの他個体のデータによると、一五種以上の遺伝子発現は安全機構が崩壊し即座に自我崩壊を引き起こす。あるいは脳の再生を誤らせることができれば、神経や記憶の処理に深刻な異常が発生し、これまた即座に自我崩壊を引き起こす」

アルタード研究員は暗い笑みを浮かべる。長い間溜《た》まった鬱憤《うっぷん》を晴らすかのように。

「脳を砕け。足を潰せ。不死ならば再生した傍《そば》から丁寧に銃弾を叩き込め。肉体を無限に再生させ、無限に遺伝子を発現させ、自我崩壊を誘発するのだ」

そしてそれはアルタード研究員含め二三世紀の人間が共有する、確たる事実である。

「不死の人間など存在しないという現実を奴に教えてやれ！」

◆　◆　◆

通常の機動戦車五台と指揮官用有人式機動戦車一台がマスターから数㎞離れた所で射撃準備を開始する。ＡＩの操作する機動戦車は四本の太い脚部を細かく震わせ射撃角度を調整していた。指揮官機に乗るアルタード研究員はスピーカーと集音器のついたステルスドローンを飛ばし情報を共有する。

廃墟《はいきょ》の隙間に隠れたゼシアと同僚であるアルファアサルト隊員たちは広場に佇《たたず》む一人の男に向かって武器を構える。一見何の変哲もない、無精髭《ぶしょうひげ》の生えた中肉中背の男だ。かつての戦いを知らないアルファアサルト新人たちは未だに首を傾げているが、ベテランたちは冷や汗をかきながら武器を構える。

「こちらアルタード、敵が位置についた、作戦開始！」

「こちらアルファ一、了解、射撃を開始する」

その合図と共に、マスターの体が勢いよく跳《は》ねて脳から血と肉が弾け飛ぶ。アルファアサルト隊員の携帯式超電磁砲は貫通力に優れる兵器だ。マッハ三まで加速させた金属製の円錐《えんすい》がマスターの脳を貫き、中の脳髄《のうずい》を破裂させる。

しかし崩れ落ちる体は、事前情報の通り急速に再生を開始していた。時間を巻き戻すように増えた肉が傷を覆う。体勢を立て直したマスターは先ほど脳を破壊されたとは思えぬ力強さで大地を蹴り、狙撃地点に向かい駆け出した。

「いきなりご挨拶だな！」

「アルファアサルト各位、攻撃開始！」

廃墟の隙間から顔を出したアルファアサルト隊員たちは安全装置を外し容赦なく引き金を引く。脳内コンピューターとドローンによる観測データで補正された狙撃は正確に命中し、しかし動きを止めるに至らない。

スコープの先に見えるのは鱗のような何かが肌に浮かび上がるマスターの姿だった。それが銃弾の貫通を防いでいる。加えて顔からは犬の髭のようなものと何やら判別のつかない耳が生え始めており、進みながら銃弾を回避し始める。

「微弱電場確認、弐型ロレンチーニ機関と推定！」

「遺伝子発現数、推定一二！」

「避けるということは銃弾の攻撃自体は有効ということだ！　構わず撃ち続けろ！　制御できなくなるまで遺伝子発現をさせ続けろ！」

廃墟の中を時速一〇〇kmを超える速度でマスターが駆け抜ける。今やマスターは飛び交う銃弾を完全に避けていた。過ぎ去る銃弾を横目で見つめながら、マスターは大声で叫ぶ。

「本気すぎるだろ！」

それは回答を期待したものではなく、愚痴のようなものでしかない。だが意外にも、観測用ドローンから声が飛び出してくる。

「お前がアルファアサルトを倒したせいで、我らが隊長は全裸になり牙頭組《がとうぐみ》に服従する羽目になった！　理由は十分だ！」

「それとばっちり！　本人が志願しただけだって！」

「許せねえ『龍』……」

「頑張ってここで殺すぞ！」

「「応！！！」」

「勘違いで士気高めてるんじゃねえ！」

マスターの叫びを銃声がかき消す。ふざけたやり取りではあるが、飛び交う弾丸と破壊痕はこの暗黒街でもそう見ないほどの規模だった。僅《わず》か数十秒ほどで、凄《すさ》まじい加速を続けるマスターは遂に狙撃地点の一つに接近する。

六階建ての廃ビルの屋上、それが最初の射撃位置であり未だに弾丸が飛んでくる場所であった。マスターはぐっと体を小さく縮こまらせ、勢い良く跳躍《ちょうやく》した。マスターの身体は跳ね上がり、一息で屋上のアルファアサルト隊員の前に現れる。

「各個撃破の時間だ……!」

「来たか化け物め……!」

アルファアサルト隊員は顔を青ざめさせながら銃を捨て、ヒートナイフを引き抜く。そしてマスターが屋上に着地した瞬間、周囲が輝いた。

それはかつてクレイモア地雷と呼ばれた、指向性対人地雷である。屋上にはアルファアサルト隊員を囲うようにクレイモア地雷が設置されており、マスターの到着と共に起爆する仕組みとなっていた。条件を満たしたことによりクレイモア地雷が起爆し、鋼球が恐るべき速度でマスターとアルファアサルト隊員に向かって飛翔する。

自身をも巻き込む範囲攻撃。加えてこのクレイモア地雷は過去の物とは異なり、再生阻害を目的とした特殊仕様のクロム毒が付与されている。命中すると同時に肉体の破損だけではなく猛毒による浸食が始まるという、アルタード研究員が用意した特別品であった。

マスターは眉を顰《ひそ》める。この攻撃がアルファアサルト隊員による自爆攻撃だと思ってしまったからだった。だが、アルファアサルト隊員はクレイモア地雷の鋼球を容易《たやす》く躱《かわ》す。

体に仕込まれた皮膚感覚増強と身体能力強化により、鋼球の一発一発を感知し、瓦礫《がれき》で防ぎ、あるいは防弾スーツの金属部で受け流す。これがトーキョー・バイオケミカル社最強と呼ばれるに至った、近中距離戦で圧倒的な能力を発揮する回避性能と敏捷《びんしょう》性能に他ならない。

故に、クレイモア地雷の鋼球はマスターのみに命中する。

「やるじゃん、流石《さすが》アルファアサルト」

「無傷のお前に言われたくはない……！」

だが、それでもマスターは無傷であった。確かに鋼球によりマスターの体は傷つき毒に蝕《むしば》まれる。だがそれも僅かな時間のこと。瞬《まばた》きをするより早く、何事も無かったかのようにマスターの体は再生した。

それも織り込み済みだったアルファアサルト隊員は一瞬動きの止まったマスターの頸椎《けいつい》目掛けてヒートナイフを叩き込む。

脳を切り離すことができれば。脳を本体として再生するのであればかなりの体積を再生する必要があるし、仮に体が本体だとしても脳が再生した後、周囲を認識するのに時間がかかるはずだ。

そういったアルファアサルト隊員の考え方は常識的には正しい。実力も極めて高く、それを実行する能力もある。

「……っ！」

が、それを遥《はる》かに超える化け物、それがマスターである。超高温まで加熱され、数多のものを溶断するはずのヒートナイフは生身の皮膚に防がれる。アルファアサルト隊員が皮膚感覚増強の導きに従い、咄嗟《とっさ》に身を捻《ひね》ると、先ほどまでいた空間を圧縮可燃ガス砲の光が埋め尽くす。

「避けるなよ、面倒じゃん」

無理な回避に体勢が崩れたアルファアサルト隊員の体を、マスターの脚がとらえる。恐るべきスピードで放たれたその蹴りは、アルファアサルト隊員をいともたやすく戦闘不能にした。

「……あえて避けなかった？」

マスターはその結果に疑問を持つ。体勢が崩れたとしても、トーキョー・バイオケミカル社精鋭であるアルファアサルト隊員であればもう一仕事できたのではないか。

その疑問への答えは、爆発という形で示された。

マスターの立っていた建物が爆発と共に崩れ落ちる。発破解体とも呼ばれるその方式は、一瞬にして建物を崩し瓦礫の山とする手法として知られている。

攻撃ではないのか、とマスターは落下しながら考える。

「建物を爆破しただけで、俺にダメージを与えられるわけがないだろ。悪あがきか？」

マスターは防御体勢を取りながら、落下に身を任せる。浮遊感の中でマスターは、先ほどから存在感を放っていたにもかかわらず、一度たりとも戦闘に参加しなかった存在をようやく思い出した。

「爆破は攻撃ではなく、宙に浮かせて回避をさせないための……！」

マスターが羽根を生やすより早く、夜闇《やあん》の中に四つの光が生まれる。瞬間、とてつもない爆発がマスターの体を包み、肉を打ち砕く。落下中だったマスターは避けるすべもなく、黒ずんだ肉塊と化して瓦礫の中にぼとり、と転げ落ちた。

銃弾などではない。もっと分厚い鋼の塊が音速を超えてマスターに突き刺さり炸裂《さくれつ》した。再生しつつあるマスターの目には、遥か遠くで機動戦車の砲塔から煙が上がっているのが見えた。

「こちらアルタード、予定通り誘い込み後の機動戦車による砲撃に成功。全く、第一次包囲の携帯式超電磁砲で動きを止められれば良かったが、そうも上手くはいかんな」

「こちらアルファ一、了解、各位、射撃を行え！」

アルタード研究員たちがそう話しているうちにも、黒ずんだ肉塊は急速に再生し一瞬で人の姿を取り戻す。こんな様になっても不死の肉体は再生を行うことができる。だが再生が終わるより早く、絶え間無い弾丸が脳を砕き続けた。大地には血と肉の海が広がり、淡々と銃声が鳴り響く。頭がない肉塊は、幾ら攻撃を受けても脳を再生しようとし続ける。

それに気持ち悪いと嫌悪の視線を向けながら、若いアルファアサルト隊員は叫んだ。

「隊長、もう銃撃を終了してもいいですよね⁉」

「新人、アレをよく見ろ！　一秒でも手を緩めた瞬間全回復されるぞ！　拘束班行動開始、奴の肉体を固定し逃走を阻止しろ！」

その言葉とともに廃墟の陰から数名の私兵が飛び出してくる。フルボディアーマーで身を固めた彼らが持つのは電撃機構の搭載された自動拘束具、バインドチェインだった。金属製の小さな部品が幾重《いくえ》にも連なり数mもの輪の形状を成しているそれは、対象を自動判別しまきついていく。

「投擲《とうてき》！」

バインドチェインは宙を飛び、頭のないマスターの肉体に衝突した。それは生命の如く分離と接続を繰り返し、あっという間に四肢《しし》を行動不能にする。アルファアサルト隊員たちは、その間もまた絶え間なく再生するマスターの頭を破壊し続けていた。

一分、二分と銃声のみが鳴り響く時間が続く。アルファアサルト隊員たちは淡々と弾丸を放ち続け、マスターは淡々と脳を破壊される。血と肉の海がさらに広がり、頭のない肉体が幾度も痙攣《けいれん》する。

「そろそろ来るか……？」

アルタード研究員が呟《つぶや》いた瞬間だった。マスターの頭部の再生が止まる。合わせて、彼の腹部が異様に膨れ上がった。そこから現れるのは二本の足。つまり四肢が拘束されているのならば、新たに四肢を生み出せば良いという判断。

だがそれだけでは能がない。逃走しようにもただの肉袋では歩くのも走るのも儘《まま》ならない。アルタード研究員は食い入るように画面を見つめ、そして腹部に生まれた小さな頭を見つけた。

ネズミの頭。

「はははは、遂《つい》にやったぞ！　今、あいつは遺伝子発現を失敗し、人の脳ではなく獣のちんけな脳を再生してしまった！　人の記憶と精神が、それだけ異なるハードウェアで連続性を保てるはずもない！　かつて人だった記憶の破片と現在『龍』の人格を演算するネズミの脳、この二つの差異が生み出す強烈な違和感は、自我崩壊を引き起こす！　『龍』は不可逆的な崩壊を引き起こし、もうあの人格が戻ってくることはあり得ない！」

アルタード研究員は高笑いをする。来た。遂に成り下がった。『龍』は今この瞬間自己の連続性を失った。足元に散らばる自分だったもの、無数の感覚器、脳の違和感。それら全てが自身の精神を蝕むことを、アルタード研究員はよく知っている。

「人格とは肉と電気信号！　不死など存在しない、もはや貴様は『龍』ではなく別の生命体だ！　親から生まれた赤子の肉はその全てが母親から生み出されているが、決して母親そのものではない！　しかもネズミ、記憶の保持すら儘ならない！　自我崩壊に耐えられたとしても、もうその人格は『龍』のものではない。壊れた残骸《ざんがい》に過ぎないのだ！」

「アルファアサルト各位、肉体変異率九五％、遺伝子発現数推定三六個。自我崩壊フェイズは完了した。続いて、獣の誘導と処刑を行う！」

ネズミの頭と人の四肢を持つ奇妙な生命体はぬるりと拘束から抜け出す。そのまま体を変化させていき、人型とは似ても似つかぬ姿に変化していく。頭はトカゲに、手は猿に、足は飛蝗《ばった》に、尻はエイに。異常な変化を遂げて膨れ上がる怪物が初めて言葉を発した。

「いや、俺は俺だが？」

「……え？」

誰一人その言葉の意味を、理解することはできても受け入れることはできなかった。ここにいる全員は過度な肉体改造とそれに伴う精神的負荷を体感している。ここまで肉体がぐちゃぐちゃになって、人格の連続性があるなど考えられない。アルタード研究員は困惑のあまり言葉を失う。

「いやいや、何勝手に早合点してるんだよ。っと、あぶねえなぁ。全く調子こいて雑なこ

とするんじゃなかった。いやー失敗失敗

「こちらサンダー三、弾丸が防がれました」

「見てれば分かる！　作戦フェイズ移行を中断、再び撃ち続けろ！」

「しかし化学兵器や生物兵器がないな。ああ、アルファアサルトを借りる交換条件か。まあこの二つは使用が露見したら弱みになるからなぁ」

そしてアルファアサルトの銃弾は遂に完全に弾かれた。遺伝子が幾重にもなり対超電磁砲に最適化された鱗がある以上、もはやマスターは回避する必要すらなかった。

銃弾の嵐の中、マスターは悠々とアルファアサルトを無視し、まるで見えているかのようにアルタード研究員の乗る有人式機動戦車に向かって歩み始める。途中うるさくなったのか、体から猿の手を幾つも生やして周囲に向ける。

瞬間、さながら龍のブレスの如く腕から放たれた炎が大地を焼き廃墟を鉄骨ごと吹き飛ばす。ぐるり、と軽く一周するだけでマスターの周辺は焼け野原になり、苦しむアルファアサルト隊員が何人も横たわる。スピーカーを備えたドローンに向かってマスターが語り掛けると、すぐにアルタード研究員の音声が飛び出してきた。

「確かに動作させるハードウェアが変われば性能は変わるぜ。でもソフトに変化はないだろ？」

「違う！　肉体と精神は相互作用がある、肉体が変われば！　ネズミの脳の容量で人の意識と記憶に連続性を持たせることはできない！」

　銃弾の雨が降り注ぐ中、マスターは異形の姿のままゆっくりと伸びをする。それだけの差が両者にはあった。遺伝子を幾つも入れ替え組み合わせ、ありとあらゆる兵器に対応する最強の生命体。一撃で倒そうにも不死の再生力がそれを阻み、遺伝子発現を間に合わせる。

「でも、魂は一緒だぜ？」

「……非現実的だ！」

「いやいや、どちらかというと現実の方がファンタジーなんだよな」

　ばしり、と地面が砕けマスターの姿が消える。次の瞬間、マスターは廃墟の隙間に立っていた。目の前にいるのは絶望した表情で携帯式超電磁砲を構えるアルファアサルト隊員。

　必死に振り向こうとする隊員より早くマスターの指から伸びた爪が突き刺さり、凄まじい高電圧が流される。

　一点、アルタード研究員が勘違いしていた点があるとすれば。マスターという男の肉体、四五二七号には何一つ人間の遺伝子は含まれていなかった、ということである。人間の状態から遺伝子を発現させるのが難しいのなら、人間の遺伝子が欠片《かけら》も含まれないキメラの体を弄《いじ》り、人間の機能を発現させれば良いのではないか、という戦略。結果としてそれは失敗した。できたのは無数の遺伝子と可能性を持つ、生命の成り損ない。

だがそこに、何の奇跡か人の魂が宿った。遺伝子ではなく人の魂が体の在り方を規定し、変化させる。二三世紀では一笑に付されるはずのその事象は現実であり、それ故に肉体が幾ら変異しようとも自我を保てる。何故なら脳が変わっても魂は変わっていないのだから。

科学者の実験としては完全な失敗であり、同時に本来のコンセプト全てを達成した不死の生命体の完成だった。

その全てを魂で制御する、自我崩壊の起こりえない不死の生命体。

遺伝子発現の複合・強化を繰り返しありとあらゆる環境・外敵への適応を行い。

牛の可燃ガス生成機構を持ち。

銃弾を弾く甲虫の外骨格を持ち。

戦車の装甲を貫く鰐の牙を持ち。

ビルすら飛び越える飛蝗の脚を持ち。

無限に再生する肉体を持ち。

「あああああ!」

「はい一人。俺も世の中は妥当な出来事と妥当な結末しかないと思ってたよ。でもさ、蓋を開けてみれば妥当とは到底言えない出来事があるように、信じられないほど良い結末を迎えることもある。お前、俺を見てみろよ。異世界に転生だなんて、ありえるわけがないだろう。でも、実際に起きたんだよ」

「何を言っている！　世の中には理不尽な暴力と出来事しかない！　私の人生を懸けたプランMは僅か一日にして崩壊した！　お前は理不尽を振るう側だからそんなことが言えるのだ！　貴様の仲間、あの理不尽なミドリガメをけしかけた貴様がそれを言うな！」

「あー、あれ意味不明だから博士にも聞いたんだよ。……マジで不死計画に無関係の、マッハ二で走るミドリガメらしい。なんなんだろうね、あれ」

「…………」

「…………」

「…………」

「…………」

「…………」

「と、とにかく！　貴様など認めぬ！　認めるわけにはいかぬ！」

「お前、馬鹿だなぁ」

いつの間にか銃声は止《や》んでいた。もう無理だ、と判断したアルファアサルト隊員たちは既に撤退を開始していた。後に残るのは無人の機動戦車四台と有人式機動戦車一台、そして中にいるアルタード研究員のみだ。淡々とアルタード研究員に向かってマスターは歩み寄りながら、笑う。

「一番になりたいんだって?」

「ああ、それこそが私の真に望むことであり」「じゃあなんでシゲヒラ議員に連絡したんだ?」「……え?」

思わぬ問いかけに、観測用ドローンからの言葉が止まる。

「おかしいだろ、俺を倒すのが目的のはずなのに情報を引き出そうとしなかった。本当に近況確認だけだったらしいな」

「だから何だ!」

「お前、目的と手段を間違えているだろ」

マスターは淡々と言葉を続ける。それはこの二三世紀への嫌味でもあり、そして憐《あわれ》みでもあった。

「多いんだよな、そういうやつ。豪遊するために金が欲しいのに、金を得るために命を落とす。頭が良くなるために薬に手を出し、薬代を捻出するために勉強する時間が減る。全部あべこべで滅茶苦茶だ」

「だから何だ! それで私の空虚が埋められるのか!」

「知らねえよ」

遂に異形のマスターは機動戦車の前に立つ。周辺に散った四台の機動戦車から放たれる砲撃は、しかしながら尻尾の一振りで薙《な》ぎ払《はら》われる。バギギ、という異音と共に一二本の巨大な猿の手はアルタード研究員の乗る機動戦車を摑《つか》み、持ち上げ始めた。

「この戦車が何t《トン》あると思ってるんだ！　ありえない！」

「そういう思い込みがあるからよく分からない方向に迷走するんだよ。いいか、不死はあるし魂もある。お前が思う以上に世界は広いし希望にも満《み》ち溢《あふ》れている。だ、か、ら！」

マスターは遂に機動戦車を高く掲《かか》げる。分厚い筋肉で覆われた猿の腕が、再びじりじりと動き出す。そして凄まじい勢いで機動戦車が宙を舞った。

「俺に八つ当たりする前に色々見直せバカヤロー！」

遠く彼方《かなた》で響く破砕音が、戦いの終わりを告げた。

第三十話　居酒屋『郷』

アルタード研究員をボコボコにしてから一か月後の夕方。俺は店にて料理の仕込みをしながら、流れてくるニュースに耳を傾ける。

『怪奇、フライング機動戦車！　一か月前に目撃された空飛ぶ機動戦車の謎は未《いま》だに解明されていません。自治組織によると、目撃者はクソデカい腕が一二本ある力士が投げ飛ばしたのではないかなどと妄言を吐いていたとのことです』

『長引いた日本経済会議は、失踪《しっそう》したシゲヒラ議員の代理として一時的にナカシマ氏が票を投じることで決着が付きました。軟着陸という形で終わった今回の会議ですが、裏では陰謀《いんぼう》が渦巻いていたなどの噂《うわさ》もあり……』

『トーキョー・バイオケミカル社の派閥《はばつ》抗争は保守派の勝利に終わりました。これに伴い大幅な人事異動が――』

季節は既に夏、この暗黒街にも緑が生《お》い茂《しげ》る時季だ。既に夕方のはずだが未だに外は明るい。

「マスター、集客に行ってくるのじゃ！」

「おう、頼んだ」

扉からシゲヒラ議員がひょこっと顔を出し、すぐに外に出ていく。すっかり馴染《なじ》んだ彼？　彼女？　は立派な店の一員だ。

非常に残念ながら、アルタード研究員との一戦以降、この近辺には化け物が出るという噂が流れ客足が再び遠のいてしまった。シゲヒラ議員が直《じか》に集客してくれなければまともに客が来ることもない。

「アルタード研究員といえば、結局残念な結果だったな」

俺はそう呟《つぶや》く。あれからアルタード研究員はあっさりと連れていかれてしまったらしい。あいつが取引していた革新派とやらはこの一件を機に完全に壊滅してしまったそうだ。トーキョー・バイオケミカル社の分裂が収まり、内部がまともになったのが唯一の救いか。ハヤサカが「ごめんなさいっす～」なんて言ってたから「次やったら社長をこんがり肉にしてやる」と返しておいた。今、社長室は四〇〇〇度に耐えられるよう改装中らしい。

派閥抗争が終わったことで自然と問題は収まった。シゲヒラ議員は店を辞める様子はないし火種であるアルタード研究員はもうトーキョー・バイオケミカル社の牢屋《ろうや》の中だ。

とはいっても、あの研究自体は数多《あまた》の可能性を感じるのも事実だった。良い方向に使ってくれればなぁ、と思っているとニュースからまたよく分からない音声が飛び出してくる。

『本日はアメリカにてメス堕《お》ち世襲議員を量産しているアルタード氏にお話を伺いに来ました！』

『私の原点は人から尊敬される人になりたい、というものでした。それで、高い技術力で人を幸せにするメス堕ち世襲議員メーカーを設立することに決めました』

「原点に立ち直れたのはいいんだけどまた迷走してないか⁉」

『メス堕ち、という前時代的な表現をあえて使っているのは対象が古い伝統に縛られ、そういうことを忌み嫌うように義務付けられた人々だからです。アメリカでも伝統に縛られ逃げられない世襲議員の方が多数います。そういった方に培養《ばいよう》素体を利用したメス堕ちを提供することこそが――』

とんでもない化け物を世に解き放ってしまったのかもしれない、と俺は頭を抱える。というかしれっとお前トーキョー・バイオケミカル社から脱走してんじゃねえよ。そして脱走して作るものがそれかよ。

「まあでも、変な思い込みから抜け出して、自分のやりたいことに邁進《まいしん》できてるんだよな。それで幸せになる人もいるのなら、まあ相手をした甲斐《かい》もあったか」

何はともあれ、楽しそうでよかった。それに『不死計画』が生んだのは死体ばかりだと思っていたが、その中の一つだけでも人の願いを叶えるものに応用されたというのは俺としても歓迎するべきことだった。

『続いてのニュースです。アメリカに向かって飛翔《ひしょう》する謎の一般ミドリガメについて専門家は「凄《すご》く速くて凄い」などと語っており――』

また訳が分からない情報が入ってきて俺がカウンターで項垂《うなだ》れている中、扉のベルが鳴る。その先にいるのは見慣れた常連客だ。彼は俺を見るや否《いな》やすぐに声を上げる。

「マスター、オレのコーカサスオオチ○ポについてなんだが」

「いきなり変な話が始まったな」

店前でそんなことをいきなり言うなよ、と突っ込みながら俺はランバーを中に入れる。

席に座ったランバーの股間は……超もっこりしていた。まあ三倍あるのなら当然だけどさ！

「お前、何でまた増やしたんだよ！」

「最近アメリカ製の格安チ○ポが入荷したらしくてよ」

「何か話が繋《つな》がってきたぞ!?」

最悪すぎる繋がり方である。培養素体ってやつは確か脳機能を停止させたクローン人間みたいなやつのはずだったから、それを使うなら確かにチ○ポが余る。でも格安ってどういうことだよ。……メーカーって言うくらいだから、実は結構依頼あるのか？　二三世紀のアメリカ、歪《ゆが》みすぎだろ……。

幸いにも今回のチ○ポはマーキングされているような事実はないらしく、まったりと話は進む。まあ二本も三本も大して変わらないからな。どうせ六本未満だ。そんな風に内心でマウントを取っているとは知らないランバーはぼそりと呟いた。

「……マスターは変わらねえな。結構暴れたんだろ？　噂だけは聞いているぜ」

「まあな。別にこの程度なんてことは無いし」

「それだけ強いのなら、英雄にでもなんでもなれるだろう？　新しく企業を立てるのも、国家を作るのも思い通りじゃないのか？」

「お前、さては映像データでも入手したな」

ランバーのお節介に苦笑しながら俺は合成酒を注ぐ。確かにやろうと思えばできるだろう。だがそれでは目的と手段が逆だ。あのメス堕ち世襲議員メーカー勤務の変質者と同じ扱いを受けることだけは流石《さすが》に避けたかった。

「英雄願望は無いからな。それに人の上に立つのって面倒くさいだろ？　横から適当に口出しするぐらいが一番楽しいのさ」

「違いねえ。最近チューザに怒られちまうんだ、年長者なのに適当すぎるって。教える立場ならきちんとしてくれと言われて今や模範的な暗黒街の住人さ」

「暗黒街に模範なんてないだろ」

「違いねぇ」

二人で静かに笑いあう。自分用の合成酒も用意し、軽く器をぶつけて飲み干す。妙な塩素臭が気持ち悪いが、それでも以前ほどの嫌悪感は無い。なるほど慣れれば好みではないが飲むことはできそうだ。

「古臭いマスターもちょっとずつ変わりだしたな。いいことじゃねえか」

「まあもう二三世紀の住人だしな。いい加減馴染んで行きたいところだ、博士に馬鹿にされるのだけはもう勘弁願いたい」

「あ、そういえばその博士？　とやらが最近オレのケツを痔《じ》に追いやったジャックっていう奴を改造したと聞いたが」

「サンバイザーしてて分からなかったのか。今度紹介するよ、コンセプトカフェ『人質』がややこしくなってしまうぜ」

そんな話をしていると、新しい客が扉から入ってくる。

「おじ様、マイ牢屋を見に行きませんか？」

「マスター、私の以前の部下に変なこと吹き込んでませんよね⁉」

騒がしい二人に俺は苦笑する。まあでも、俺はこんな日々が好きなのだ。酒を注ぎ、客と話し、翌日の準備をして寝る。だから俺はこの居酒屋を守るためならどんな敵とも戦う。

だがこの店に手を出さないのであれば放置だ。正義のヒーローではなく、居酒屋のマスターとしての日々。それこそが俺の望んだものである。

そういえばランバーに言うのを忘れていた、と思い出した俺は本心からの笑みを浮かべながら、彼らに向かって軽く一礼する。また楽しい時間が始まろうとしていた。

「――ようこそ、居酒屋『郷《ごう》』へ」

特別書き下ろし短編①

ゼシアの憂鬱

「負けた……僕には実力がないのか……」

「たるんだ社会。まるで使い終わったゴムのようにね、そう、コンドーーーム！」

アルタード研究員の一件が終わってから数日後。ゼシアは顔をしかめて公園で落ち込んでいた。

この時代も公園は一定の需要があり、暗黒街の中に一定数存在している。とはいっても今ゼシアがいる場所は比較的中心部、そして室内であるのだが。公園の中は多種多様な人で溢《あふ》れている。疲れを癒しに来たサラリーマン、交渉をしに来た戦士、泳ぐ鯉《こい》。謎の叫びを上げる全身ラバースーツ男。以前は高速機動するミドリガメもいたのだが、その姿は消えている。

ゼシアはトーキョー・バイオケミカル社の精鋭部隊、アルファアサルトとして皮膚の感覚器増強をしている。そのためこの周囲の穏やかな空気、そして漂う合成ゴムの匂いを存分に味わうことができている。ラバースーツの匂いだけは勘弁して欲しいが、違法薬物でないだけマシとは言える。

広々とした公園で樹木は風に揺れ、人工芝生は穏やかな緑を一面に広げている。一部を除き美しい景色の中で、しかしながらゼシアの落ち込みは止まることがなかった。実力を高めたはずであった。だが現実は残酷だ。大地を燃やし戦車を砕き、囲まれてなお『龍』にはずいぶん余裕があった。彼にとってはトーキョー・バイオケミカル社の精鋭部隊すら相手にならない。あまりにも隔絶した実力差。

「あれだけ『龍』本人を相手に大口叩《たた》いておいて、脅威とすらみなされなかった……！彼は、戦場で僕のことを認識すらしなかった……！」

正直言って、ゼシアは一瞬たりとも活躍することができなかった。言われたことを言われたとおりにしている内に、気づけば『龍』に蹂躙《じゅうりん》されて撤退させられた。

自ら戦って、改めてデータが事実であることを身に染みるように思い知らされた。馬鹿馬鹿しい程の、正真正銘の最強。力を追い求め、かつての隊長の背を追った結果がこれならば。

自らの過去は途端に無価値になり下がってしまう。無駄な努力をして、無駄な被害を出して終わる。努力と乖離《かいり》した結果は、深刻なダメージを彼女に与えていた。

「これじゃあ僕はただのチ○ポデストロイヤーじゃないか……」

「そこの女性、忘れちまったのかよ、儂《わし》だよ儂、コンドームだよ！」

「人が傷心の時に何を言っているんだあなたは⁉」

そんなときに、彼女の前を一人の男が通りかかる。男は全身をラバースーツで覆った六〇歳程の老人であった。痩せた体はお世辞にも健康的とは言えない。コンドーム師匠と名乗る男は傷心のゼシアの前に立って大声を上げていた。

「沈んだあなたの心を、ゴムが引きちぎれるほど隆起させるドスケベジョークだ！」

「気持ちはありがたいけど不要だよ。あとつまらないね」

「落ち込んだときこそ新しい道を探すべきだ。新たな出会いは縮んだ心を大きく跳ねさせる。まるでゴムみたいにね。コンドー――ム！」

「話聞いてる？」

最悪なハンバ〇グ師匠としか呼べないその存在を、ゼシアは冷たい目で見つめる。シンプルにコンドーム師匠の元ネタが古すぎて分からなかったこともあるが、それ以上に目の前の人物がどうでも良かったからだ。

暗黒街には変質者がありふれている。彼のようなラバースーツ男は相当マシな部類だ。

全てがどうでもよくなって銃を乱射しながら走り回る者、電子ドラッグに脳を焼かれて壁に頭を打ち付ける者、全裸四つん這《よば》いでそこら辺を徘徊《はいかい》する者。

うるさいだけで周囲に迷惑をかけないならどうでもいい、とゼシアは思っている。路傍の石に興味を持つようにアルファアサルトは訓練されていない。

「君に付き合う暇はない。時間の無駄だからね」

そして何より、ある種の階級思想。徹底的な資本主義は挽回《ばんかい》不能な格差を生み出す。ドエムアサルトのような極めて秀でた人間は成り上がることも可能だが、それは例外中の例外。目の前の人間がどの企業の認証ＩＤも保有しない、暗黒街の一般変質者だとゼシアの強化視覚とコンピューターは回答し、故にゼシアは目の前の人間との関わりを断とうと席を立つ。

何故なら目の前の老人は何も無い。関わっても利益が無い人間と関わる意味が無い。老人とゼシアの人生は交差することはないはずだ。

だから老人がぽん、と何気なくゼシアの肩に手を乗せた瞬間、ゼシアは驚愕《きょうがく》した。ゼシアは見知らぬ他人に肩を触られることを許容しない。即座に回避するのが常。だったにもかかわらず、ゼシアは抵抗一つできずに老人に肩を触られた。

「皮膚感覚器をすり抜け……!?」

「触れていることを感じさせない。まるで〇・〇三㎜のようにね。……コンドーム」

「ちょっと低い声で言うのをやめてくれないか!?」

アルファアサルトの多くの隊員は、攻撃を受けずに回避するというコンセプトのもと皮膚感覚器を大幅増強されている。見ずとも触れずとも、相手がどこにいて凶器がどんな速度で迫るか手に取るかのように分かる。彼らを最強たらしめる強化技術の一つであり、

『龍』相手でも大怪我《おおけが》を負わずに撤退できた理由。

一方そのパクリネタの稚拙《ちせつ》さに相反して、ラバースーツの変質者の動作は異常だった。

ゼシアの網膜《もうまく》には目の前の老人が特殊な身体改造をしていないと表示されている。だが、自身の皮膚感覚器は当然のように反応しなかった。

再び開いた距離を詰める老人の動作には、一見過程がないように見える。気づいたときには既に接近していて、その後に皮膚感覚器が遅れて反応する。それを見て、ゼシアはこの二三世紀では遠い昔に忘れられた呼称の一つを思い出す。

「武術……？」

一般的に、格闘技を覚えるより銃殺した方が手っ取り早い。加えて、二三世紀の人間は学ぶべきことが余りにも多い。高度に発達した技術は、使いこなす側に理解を求める。故に武術の類《たぐい》を覚える暇があれば、動作をプログラム化したファイルを脊髄《せきずい》置換機構に導入し、使用するのが一般的だ。

強《し》いて言うなら、趣味でやりたい者や特殊な身体改造によりプログラム化が難しい者（膝関節追加等）は武術を学ぶこともある。が、武術を極めるより身体改造による出力と武装性能を高めた方が効率的だ。事実、ゼシアの体はそういったコンセプトで改造されている。

だから、ただの技術一つでその常識を覆す老人からゼシアは目を離すことができなかった。

「レディ、視野が狭くなっているぞ。技なき力はより大きな力に押しつぶされて当然。故に、遥《はる》か彼方に鎮座《ちんざ》する怪物を引きずり下ろすには技が必要だ」

「知ったかぶりをやめてくれないか」

若干拗《す》ねたような表情でゼシアは首を振る。目の前の老人の言うことはもっともかもしれない、と脳は告げている。かつての隊長に追いつくには、今の身体改造をただ繰り返すだけでは限界なのは分かっていた。もし身体改造だけで追いつけるようなものならば、ゼシアは隊長に辿《たど》りつけているはずだ。

隊長は天才であったため、技がなくともその場で最適化と進化を繰り返し、自身のスペックの限界を超えた成果を出すことができる。だが非才のゼシアにその道はない。

武術なんて、という固定観念と目の前の変質者の立場がゼシアの目を曇らせ、言葉を遮る。だがその壁も、コンドーム師匠の放った一言で完全に砕かれる。

『龍』だろう」

「……知っているのかい⁉」

コンドーム師匠は公園の池に向かって歩き出す。そして足元で泳ぐ鯉を見つめる。鯉は人が近づいてきているにもかかわらず、逃げることも近づくこともしない。

「少し前までは、儂も少しやんちゃしていてな。しかし、お主と同じように無様に負けた。

詳しくは知らんが最近久しぶりに『龍』が暴れたことだけは聞いておるよ。全く、何一つ変わらない理不尽さだ。馬鹿馬鹿しいまでに無敵で不死身。暗黒街の特異点。儂は負けて、だからあの男に勝てる道を探した」

いまさらになってゼシアは目の前の老人が痩せている理由に気づく。つまり、元々取り付けていた人工筋肉などを取り外したのだ。技を磨《みが》くためだけに。

ゼシアは知っている。身体改造がどれだけの力を生み、どれだけの優越を得られるものかを。それを捨て去る老人の鋼の意志に、ゼシアの心の中に敬意が生まれる。

「そこでゴムに出会ったわけだ。コンド――――ム！」

そして敬意は消滅する。ラバースーツを着て公園を歩く老人は周囲の目を気にせずに叫び、そして池に手を伸ばす。

『触るな危険！　鯉の鍛造チ○ポ貫通事故多発！』

公園の鯉は餌付《えづ》けされていることも多い。が触られることは当然嫌がる。人の体温は魚が触れるには熱すぎる。故に震動を察知し華麗に避けられるかあるいは無理やり振り払われるのがオチだ。人の速度で軽々と捕まえるのは困難であるし、特に二三世紀の、高周波ブレードを装備した鯉ならなおさらである。

「おお……」

が。先ほどゼシアに近づいたときと同じく。何事もないようにその手は鯉をあっさり摑《つか》んで持ち上げる。下腹部の突起をするりと避けながら老人は鯉をしげしげと眺め、再び元の池に戻した。鯉が池の中に戻り、そこでようやく他の鯉たちは老人の存在に気づいたのか三々五々に散っていく。

「初動を無くす。儂が辿りついた答えの一つがこれだ。どんな生命も動き出しには加速が必要。全身の筋肉を完全に制御し連動させ、生身で亜音速に到達する。そうすれば初動の差で一手先を取ることができる」

言葉にすれば簡単、しかし実行するのは困難。だが老人は現に目の前で実行して見せた。腕を伸ばして戻すという行為を、一手で行った。ゼシアが気づいたときには腕が既に最高速、鯉が反応するより早く池から手を引き上げていた。

が、一方で疑念も残る。確かに技としては凄《すさ》まじいのかもしれない。しかし、『龍』を倒すほどの理不尽さは感じられなかった。ゼシアの疑念を、老人は笑う。

「初動を取ってどうするんだい？　彼は無限に再生するよ」

「初動を止めれば動きが止まる。足を潰せば再生してから移動をしなければならない。元より『龍』にタイマンで勝つ必要などない。ただ、圧倒的暴力を一手上回る方法はこれしかない。一手上回れば光明が見える。まずはそこからだ」

老人は拳を握り、ジャブの要領で軽く振るう。物理的な速度は勿論《もちろん》のこと、予備動作がないことも相まって信じられない速度で拳は空気を叩く。ゼシアはその姿を見て頷《うなず》く。確かに『龍』の動作は洗練されたものではなく、素人が暴力を振るっているのみだ。

故にこの老人と『龍』が向かい合えば、一発は攻撃が当たる。その技に、自身の強化筋肉の力が乗れば、あるいは。

ゼシアは静かに拳を握る。思考を巡らせ、そして老人に向き直って頭を下げた。今までの非礼を詫《わ》びるように、深々と。

「負けたままでは終われません。その技について教えていただけませんか」

「無論、そのつもりで君に声をかけた」

老人もゼシアの心意気に応える。ここに、奇妙な師弟関係が成立したのであった。

「ゴムのようにしなやかに、しかし全てを受け止める深さを！　コンド――ム！」

「その叫びはやめてくれないか⁉」

「卒業試験はミドリガメ捕獲！　マッハ二を捕まえれば免許皆伝だ！」

「あなたがそこらへんで捕まえたのか⁉」

特別書き下ろし短編②

人生ゲーム（Ver暗黒街編）

「今日の仕込みも終わったしだらだらするか～」

「なのじゃ～」

アルタード研究員をボコしてから一週間ほど経過した。居酒屋『郷《ごう》』はいつも通り平常運転。夕方の開店に備えて昼からシゲヒラ議員と共に店内の掃除に勤しむ……こともない。何故ならそんなに汚れていないからだ。アルタード研究員との戦闘以降、客足が少し遠のいてしまったからな。

まあそれも恐らくは一時的。ならしばらくはまったりとするか、と三階のソファの上で俺とシゲヒラ議員はごろごろしていた。

「おじ様、ゲームしませんか？」

「ん？　まあ三階まで上がってきてくれ」

そんなとき、アヤメちゃんがゲームを持って来店してきたのだった。アヤメちゃんは「おじ様の部屋～♪」なんて鼻歌を歌いながら上がってきて、思いっきりくつろいでいるシゲヒラ議員を見てフリーズするなどの奇行を見せるのだがそれは置いておくとする。

アヤメちゃんは行儀よく入ってきた後、俺とシゲヒラ議員の間に入るようにソファに座り込む。というか今は学校がある時間のはずでは、という俺の今更な疑問にアヤメちゃんは笑顔で答えた。

「今回の件で再びトーキョー・バイオケミカル社は『龍』の脅威を認識しましたから、おじ様にかこつければ休み放題です」

「良かったじゃねえか……いや、喜んでいいのか？」

アヤメちゃんの顔は以前より明るい。学校を休む、ということに否定的な感覚になってしまう世代の俺ではあるが、二三世紀の学校は二一世紀に輪をかけてクソ。裏金汚職賄賂《わいろ》カンニングの宝庫と言えば地獄度が分かるのではなかろうか。成績を上げるために必要なのは勉強より賄賂！　って掲示板に書かれてたからな。どうなってんだよ。

流石《さすが》にそれなら言い訳にされるのも仕方がないか、という感じではある。そんな彼女は今日、一本のゲームソフトを持ってきていた。

『人生ゲームVer暗黒街編～！』

「なんか不穏なワード入ってないか？」

「牙統組《がとう》は不思議なことですが人員の質が安定しないんですよね」

「反社ならそりゃそうだろ……」

アヤメちゃんは残念そうに眉を顰《ひそ》めるが、なんでヤクザに優秀な奴ばかり集まると思っているんだ。そもそもトーキョー・バイオケミカル社とかですら汚職がまん延、優秀な人材が豊富という概念とはほど遠い。そんな中で俺にクリケット（隠語）された哀れな牙統組に来るのは訳あり品だけに決まってるだろ。

呆《あき》れる俺の横でアヤメちゃんはプロジェクターを使い、ゲーム画面を壁いっぱいに映し出す。画面には笑顔の反社のおじさんたちが見覚えのあるルーレットを持って佇《たたず》んでいた。

ちょっと怖い。

「というわけで昔のすごろくを元にして、暗黒街の反社人生を追体験できるようにしたのですが、そのテストプレイをお願いしたいんです」

「絶対マスターと遊びたいだけなのじゃ……」

「黙っていただけますか、メス堕《お》ちオスメス豚」

「あひぃん♡」

訳の分からない罵倒《ばとう》に身を悶《もだ》えせるド変態はさておくとしてゲームそのものには興味があった。というのも最近のゲームは脊髄《せきずい》置換機構を通した脳内接続必須だとか義肢《ぎし》前提だとか、やたらと多いボタンにコンテンツなど。二一世紀のゲームを遊びなれた自分にとってはあまりにも手を出しにくいものが多かった。そういった意味では目の前のゲームは自分でも遊べる、最新式の人生ゲームのはずだ。

「よし、一人プレイで鍛えた俺の人生ゲーム力を見せつけてやる！」

「一人プレイ……」

やかましい、友達は付属してなかったんだよ。

『プレイヤーシゲヒラ議員、プラスのマスに到着！　臓器売買ルーレット！』

「カスみたいなルーレットが始まったな……」

「最近は養殖品《ようしょくひん》も増えたと思うのじゃが、実際はどうなのじゃ？」

「債務者は元手回収を兼ねてバラす必要がありますから、半々ですね」

『プレイヤーマスター、チ○ポ埋蔵金ルーレット！　……失敗！』

「なんでランバーみたいなこと言ってんだよこのゲーム、あれは追跡機だったけどさ！」

プレイを開始して一〇分ほど。あっさりと幼年期は終了しヤクザ編へと至る。この人生ゲームはすごろくの電子版で、ルーレットを回して出た数だけマス目を進む。少し俺の知っている人生ゲームと異なるのは、かっちりとパラメータがあるという点だ。暴力、知力、魅力の三つのステータスがあり、それらを高めながらお金を稼いでいく。そして最終的に保有するお金が多い者が勝利というルールだ。

『プレイヤーアヤメ、他の企業の私兵と戦闘になる！　ルーレット七以上で勝利、一〇ならついでに路上生活者から臓器の剝ぎ取り！』

「出目は一〇ですね、逆鱗《げきりん》とか出て欲しいですが」

「この街の路上生活者どうなってるの⁉」

アヤメちゃんは暴力特化型、シゲヒラ議員は知力特化型、そして俺は魅力特化型という構成になっていた。現時点では俺が若干収入が少なく、ヤクザとしての地位も低い。だがゲームの中の俺は順調に魅力を上げ、ゲーム内の様々な異性と交流し好感度を上げていく。

ゲーム内にいるどの女性も一見まともで、ああリアルもこうだったらな、なんて思ってしまうぜ。だって今近くにいるの、変態メス堕ち世襲議員とドS監禁趣味未成年と外で警護をしている四《よ》つん這《ば》い全裸女だぞ。まともな異性をください。

俺たちは完全にゲームを遊ぶスタイルになっていて、アヤメちゃんは俺の肩に体を預けるような姿勢に、シゲヒラ議員は何故か俺の足元で寝転んでいる。昔実家で飼っていた犬を思い出さないでもないけれど、犬はメス堕ちもしないし自分を亀甲《きっこう》縛りすることもない。

それぞれゲームのツマミとしてシゲヒラ議員とアヤメちゃんはポテトチップスのようでポテトチップスではないよく分からないおやつを、俺は自作のクッキーをポリポリと食べる。時たまシゲヒラ議員にお茶のおかわりを注いでもらいながら、まったりとプレイは進行していった。

少し進んで、未《いま》だに逆転の目が見えない俺のコマを見てシゲヒラ議員が笑う。

「ふふふ、マスターだけ出遅れてるのじゃ！　儂《わし》が優勝したら『散歩』に付き合ってもらうのじゃ！」

「散歩の意味が怖いよ、あと罰ゲームなんて話は無かったが⁉」

「最下位は罰ゲーム、牙統組の常識です。あ、私は膝枕で」

「俺は普通のカタギだぞ⁉」

思わず叫ぶとアヤメちゃんとシゲヒラ議員は顔を見合わせる。え、そこに疑問点ある？

明らかに俺はヤクザではないぞ。だが彼らがきょとんとしたのは俺が自分を普通と呼んだことの方であったらしい。しれっとどうでも良い事実がシゲヒラ議員の口から語られる。

「トーキョー・バイオケミカル社の作成する『タクティカルパワーランキング』で一人だけ企業じゃなくて個人でランクインしてるのにそれはないのじゃ……」

「何だそのクソみたいなランキング」

「核兵器を多数保有している企業たちを追いやっての上位入り、おめでとうございますおじ様」

「何もめでたくないんだよな、俺の目標とは違うし」

俺の目標はまったりとした居酒屋店主としての日々である。金に困らず、人に困らず、穏やかな日々を過ごしたいのだ。間違ってもヤクザとやりあったり特殊部隊を蹴散らすような日々ではない。

せっかく最近は面倒事から離れることができていたのに、とクッキーを二枚一度に食べながらため息をつく俺の脇腹をアヤメちゃんは少し拗《す》ねたようにつつく。

「別にいいと思いますけれどね。目標があったとしても、案外その目標よりも過程で得たものの方が大事だったりしますから」

「……まあそういうもんか」

アヤメちゃんの言葉には半分肯定、半分否定という感想が出てくる。前世に置き去りにしたものも多数ある。本当に大事なものも、大事な人も、今は手元にはない。

ただ今の日常が嫌いという訳でもなかった。楽しいことも多いし面白い人もいる。いずれ新たな目標もできるかもしれない。もっと時間が経《た》てば、アヤメちゃんの言葉に本心から頷《うなず》けるのかもしれない。

否定をしない俺を見て、アヤメちゃんは嬉《うれ》しそうに笑う。

「ヤクザを目指したおかげでおじ様と出会えましたし」

「そこに繋《つな》げたかっただけかよ」

ちょっとしんみりして損した。残念ながら反社の次期当主になるつもりはございません。

俺はため息をつきながら、ゲームに付き合うのであった。

一時間ほど経過して、ゲームが終了する。結果はハーレムを築き上げ妻の収入をピンハネしまくった俺の完全勝利であった。やっぱり数は力である。一方役職は上がったが勢力争いに負けて左遷《させん》されたアヤメちゃん、汚職がバレて地位を追われたシゲヒラ議員は「浮気は許しませんよ、おじ様」「本妻は三人までなのじゃ！」などと俺のプレイスタイルを責め立ててくる。なんで俺と結婚している前提なんだよアヤメちゃん、あとシゲヒラ議員は自分が愛人枠前提なのどうなってんだよ。シゲヒラ議員は抗議として俺の足を肘でげしげしと突いてくるしアヤメちゃんは罰ゲームのはずの膝枕を強行するべく俺に全身を預けてくる。前から思ってたけどお前ら相当図々《ずうずう》しいよな。

ゲームの順位とは別の要因で膨れる面倒くさい女子二人は、別の用事を思い出したのか急にポンと手を叩《たた》き立ち上がる。そしてシゲヒラ議員はポケットから何かを取り出してアヤメちゃんに手渡した。

「これが約束の品じゃ。あとアルタード研究員への伝言じゃ」

「確かに受け取りました」

「おお、差し入れか」

シゲヒラ議員がアヤメちゃんに手渡したのは一枚のカード型端末とピンク色の封筒であった。内容は見られても構わないらしく、普通の糊《のり》で申し訳程度にとじてあるのみだ。現在、アルタード研究員は処遇を決めるべくトーキョー・バイオケミカル社の地下に幽閉されている。情報は無いが、まだ生きているはずだ。

「お前ら、交流があったんだっけ」

「多少じゃがな。だから処刑される前に、渡しておきたいのじゃ」

残念な話ではあるが、アルタード研究員は恐らく死刑か強力な記憶洗浄に処されると思われる。流石に死刑はやめて欲しいが、やったことがやったことだし文句は言いにくい。

……なんとかならねえのかなぁ。

シゲヒラ議員は珍しく、真っすぐな目でアヤメちゃんに伝言を託す。

「内容は『大事なのは目標ではなく、その経路で得たもの。そして既にあなたは世界一だ、私が保証する』、じゃ」

「……死刑は覆らないと思いますが、渡しておきますね。あとこのカードはなんでしょうか、認証端子がありますが、指とは異なりますし」

「チ○ポじゃ！」

「チ○ポ埋蔵金伝説ってマジだったの⁉」

余談ではあるが、このカードはマジでシゲヒラ議員の隠し資産、すなわちチ○ポ埋蔵金だったらしい。そしてメッセージで奮起したのか、アルタード研究員はこの金を利用し賄賂をばらまいて脱走、メス堕ち世襲議員メーカーを立ち上げる方向に暴走し始めたとのこと。シゲヒラ議員、何てことしてるんだてめぇ……。いや死ななかったことは喜ばしいけどさ……！

特別書き下ろし短編③

少し昔の話

少し昔、まだ居酒屋『郷《ごう》』が無かった頃の話である。

『龍』には一切関わるな」

幼い頃、牙統《がとう》アヤメに親族は何度もそう語り掛けた。牙統アヤメは当時まだ一〇歳、細かい政治状況も戦闘の結末も知らない。ただ気づけば自らの家は焼け落ち、自身の父親たちが落ちぶれていく姿を眺めていた。

「お父様、どうしてメイドたちが辞めていくのですか。私たちは長い歴史を持つ暗黒街一のヤクザ、牙統組ではなかったのですか」

幼いアヤメは父にそう問いかける。疲れて落ちくぼんだ目をした牙統アヤメの父、すなわち牙統組現当主は優しい声で彼女を窘《なだ》めた。

「そうだね、私たちは牙統組。でも、歴史や実績があっても、結果を出せなければ人も金もついてこなくなるんだ。今から思えばもっと早い段階で改革を行うべきだったんだろうね。そうすれば、こんな事態になる前に手を引けた。まあ他の企業もそうだといえばそうだけれど」

アヤメの父の言葉は要領を得なかった。だがはっきりとした後悔だけは幼いアヤメに確かに伝わってきていた。

「私たちは、変われなかった。他の大企業のように、汚職を、失敗を、犯罪を飲み込む余裕をもって運営するべきだった。でも、二二世紀のやり方のまま行ってしまった。結果として、『龍』に負けてしまったが最後、そこから立て直すことができなくなってしまった」

「お父様、私の目標は変わりません。お父様の跡を継ぎ、当主となることです」

アヤメの真っすぐとした目は変わらない。アヤメにには、何故当主にならなければならないのか、という疑問などない。父や母、周囲から「当主になるのが君の人生の目標だ」と教えられ、それを実行し続けていた。

そのために学んできた。そのために苦しさに耐えてきた。だから続く父の言葉に、彼女は人生が壊されたように感じた。

「もうその必要は無い。好きに生きなさい」


「というわけで『龍』とやらに会いに行きます。ついてきなさい」

「お嬢様、それだけはおやめください……！」

翌日。牙統アヤメは、こんな状況になってなお自身についてくる部下と共に、暗黒街を歩いていた。綺麗《きれい》な和服、幼いが端整な容姿、そして引き連れる黒服は周囲の注目を集める。

黒服たちは必死になって止めるが、牙統アヤメはその制止に耳を貸すことはない。雑多な暗黒街の道を堂々とゆく。できれば車で移動したかったが生憎《あいにく》戦闘の影響もあり、このあたりは瓦礫《がれき》が多い。かといって機動戦車を借りるには父親の許可がいるため、やむなく歩く羽目になっていた。

「私は牙統組次期当主として、『龍』に抗議しなければなりません」

当時の牙統アヤメは概要しか知らされていなかった。『龍』なる存在に牙統組を中心とした合同軍を組んで討伐作戦を行ったこと、そしてその軍が一方的に殲滅《せんめつ》され、事実上の降伏宣言をしなければならなかったこと。その影響で牙統組の求心力が凄《すさ》まじい勢いで萎《しぼ》み、勢力が縮んでいることしか知らない。

だから『不死計画』や『龍』の異常な戦闘力については何一つ知らなかった。それでも幼い牙統アヤメは『龍』に直接会わねば気が済まなかった。

「お嬢様、私たちにも仁義というものがありますからこんな状況でもついてきておりますが、それにも限界がございます！　どうかおやめください！」

牙統組は古い組織である。多くのヤクザが企業と化して、表の顔が本業になっていく中、未《いま》だに裏稼業を生業《なりわい》としている。

シゲヒラ議員の家と同じく、しがらみがある一方でそれ故の固い結束を持つ組織であったのだ。もっとも今それは崩壊しているわけだが。

牙統アヤメとその部下は街を歩んでいく。その足は暗黒街の片隅、『龍』がいると言われる場所に向かっていた。

『『龍』は以前お父様が仰《おつしや》っていた暴走個体と同一、ということで良いですね？」

「……はい、抗争時にはそう呼称されていました。『不死計画』の失敗作にして完成体、物理法則の及ばぬ異端、真なる特異点。牙統組は彼との戦闘の矢面に立ち、そして敗北しました」

何度聞いても牙統アヤメには衝撃で、しかし他の大人のようにその事実を否定しない。まだ世界を深く知らない彼女にとって世界とは未知の玉手箱であり、中に何が入っていてもおかしくないと思っている。

「なんて面白いのでしょう」

「は……？」

だから彼女が覚えたのは、抗議の意思と同時に興味。自身の行くべき道を破壊した存在がどのようなものなのか知りたくて仕方がなかったのだ。

「私が檻《おり》に『ペット』を飼っているのは知っていますね？」

「は、はぁ」

「興味なのです」

黒服は頭に疑問符を浮かべる。牙統組の当主の娘は変な性癖を持っている、というのは広く知られている。本人も別に隠そうとしていないし、二三世紀にしてみればそういうものなのか、程度の話だ。

だが、それと『龍』の話題が繋《つな》がらないのだろう。どうして、という表情の黒服にアヤメは優しく説明する。

「私は他人を知りたいんです。どんな人なのか、どんな行動をするのか、どんな癖があるのか。その延長線上として、虐《いじ》めたらどんな反応をするのか。知的好奇心というものですね」

「性欲を必死に正当化してる……？」

「おだまりなさい。とにかく、私は知りたいのです」

「は、はぁ」

早口で話題を打ち切る牙統アヤメを怪しみながら、それでも黒服たちは歩き続ける。しばらくして、アヤメたちは目的とする場所に到達した。

そこは、かつて犯罪者たちが麻薬倉庫としていた場所である。小さな三階建てのビルは、造りこそしっかりしているが塗装や装飾は剝がれ、半分廃墟《はいきょ》と化していた。いくつもヒビが入っているこの建物に以前の入居者はおらず、代わりに『龍』が占拠しているらしかった。

　黒服たちは怯《おび》えて足が竦《すく》む。彼らは自身の仲間が受けた仕打ちを覚えている。ゴルフと称されて天高く吹き飛ばされた者も、犬神家と称されて地面に叩《たた》きつけられた者もいる。不条理な敗北は彼らを怯えさせ、そしてその隙を見逃さない者たちがいた。

「ぐはぁっ」

「おいおい、隙を晒《さら》してるんじゃねえよ牙統組」

　いつの間にか、アヤメの周囲には三人の傭兵《ようへい》の姿があった。彼らはそれぞれライフルを構えていて、銃口からは煙が流れている。銃弾に撃たれた黒服たちは腹部から血を流し、蹲《うずくま》っていた。

「なんですか、あなたたちは」

「雇われ者だよ。崩れる牙統組を飲み干したい、そんな奴は山ほどいる。なら旗頭になりそうな奴を回収すれば金になる。玩具《おもちゃ》にしても良し、脳に電圧をかけて思考誘導してから家に帰しても良し。換金できるものに価値がある、暗黒街の基本だろ」

　これは牙統アヤメの最初にして最後の致命的なミスであった。自身が狙われている状況であるにもかかわらず警備が手薄な状態で外出する。本来であれば親や幹部が気づき、護衛を付けるのだが牙統組崩壊が始まっている今、そのような余裕は存在しない。複数の要因が重なった今、その致命的なミスは何一つ修正されることなく世に出てしまい、そして危機が訪れる。

牙統アヤメは脊髄《せきずい》置換機構から対処用のデータを読み込もうとして諦める。周辺にいつの間にか妨害電波が出ていて救助を呼ぶことはできない。戦闘をしようにも、体が成熟しておらず未改造な部分も多い自身の肉体で勝負することは不可能に近い。

「……失敗しましたか」

「おう、諦めがいいな嬢ちゃん」

「どうする、こいつを人質にして親から金を引き出すか？」

「やめとけ兄貴、後が面倒だ。とっとと売りさばこう」

傭兵たちの目は、牙統アヤメを人として認識していない。アヤメという商品を回収するべく、不躾《ぶしつけ》に彼女の体に手を伸ばそうとする。

そのときだった。

「サーバーエラー食らったぞどうなってんだ！」

麻薬倉庫の扉が弾《はじ》け飛び、亜音速で飛ぶ金属の扉を叩きつけられ傭兵の一人がゴムボールのごとく弾かれ明後日《あさって》の方向に消える。あまりの事態に全員の視線が麻薬倉庫の方に向いた。

そこにいたのは無精髭《ぶしょうひげ》を生やした男。まだ二〇代に見えるその男は周囲を一瞥《いちべつ》してから怒りをあらわにする。

「お前らのせいでゲームに接続できなくなったじゃねえか、折角頑張ってよく分からない操作を必死に覚えてるのに！　クソ、二三世紀のゲームは難しすぎるんだよ！」

男はどう見ても不機嫌だった。足元に唾を吐き捨ててから、彼は傭兵に向かってずんずんと歩む。

「誰だこいつ」

「知らねえ、やるぞ」

傭兵たちは一切の躊躇《ちゅうちょ》をせず銃口を彼に向け、引き金を引く。炸裂音《さくれつおん》と肉を叩く音が連鎖し、そしてその弾丸が一発たりとも目の前の敵に効いていないことに傭兵は愕然《がくぜん》とする。彼らの目標は牙統組。故に、廃墟に住んでいる男のことなど知るよしもなかった。男は吐き捨てるように言う。

「だから簡単に人を殺せる兵器を撃つんじゃねえよ」

「なんで死なねえんだこいつ！」

「皮膚装甲は普通こんなに硬くないぞ！」

銃弾の雨を浴びながら、男は怯《ひる》むことすらしない。銃口に向けて真っすぐ歩き、そのまま拳を叩きつける。瞬間、鋼の銃身は粘土のごとくひしゃげ、傭兵の体はくの字に曲がって折れる。生存用の安全機構が働いているのか息はしているが、背骨が折れ行動不能を余《よ》儀《ぎ》なくされる。

「ひぃぃぃぃぃ！」

最後の傭兵が冷や汗をかきながら後退を続ける。が、ダメージの一つたりとも入ることはない。男は怒りの篭った表情で地面を踏みつける。ただの地団駄は、しかし杭打機など比にもならぬ衝撃を与え、周囲の地面をひび割れさせる。あまりの衝撃にアヤメと傭兵はバランスをくずし、倒れこんだ。

そのまま傭兵は蹴りを食らって頭から壁にめり込み、そのまま動きを停止させる。アヤメはそれを見て、目を輝かせた。

意味が分からなかった。明らかに身体改造で発揮できる力を凌駕《りょうが》している。地面をひび割れさせるというのは容易なことではない。戦車砲ですらコンクリートの床を広範囲にわたって破壊することは困難であることを考えると、まさしく異様といえた。

そして何より、それだけの暴力を振るいながら男は暴力を忌避《きひ》しているように見えた。

これだけの実力があれば殺せばいい。なのに男はわざわざ蹴った傭兵たちが息をしているのか確認しに行き、ほっと安堵《あんど》の息を漏らす。精神と強さの異様なまでの乖離《かいり》。

「で、君はなんなんだ」

不機嫌そうな顔がアヤメの方に向く。アヤメはその姿から目を離すことができなかった。

◆
◆
◆

「というのが私とおじ様の馴れ初《なそ》めですね」

「馴れ初めじゃねーよあと黒歴史やめてくれ……」

二二四〇年の酒場にて、シゲヒラ議員とマスター、そして牙統アヤメは席に座り、そんな過去の話を思い出していた。アヤメは顔を輝かせ、少し興奮気味になっているが一方でマスターは頭を抱えている。

「何が黒歴史なのじゃ？」

「……当時暴れすぎて、このあたり廃墟とゴミだらけなんだよ……もっと手加減しておけばこの辺りも繁華街になって商売繁盛してた未来もあったかもしれないのに……」

「それマスターのせいだったんじゃな……」

やっちまったー、と首を振るマスターをアヤメは優しく見つめる。あれから、単身で『龍』と交渉しにいったということで胆力《たんりょく》を買われたアヤメは、牙統組再建における求心力の中心となっていった。幸いにも『不死計画』崩壊の影響で暗黒街の勢力図は荒れており、残っていた資金や人材をフル活用することで、アヤメの父親が過労死寸前まで努力する羽目にはなったが何とか以前に近しい勢力を取り戻すことができていた。その理由として、『龍』との穏便なパイプラインを持っていたという要因は大きい。

事実、トーキョー・バイオケミカル社もオーサカ・テクノウェポン社も、牙統組を介して『龍』に交渉することが多くなり、それが様々な仕事に繋がっていく。同時に牙統アヤメの『龍』への思いは、時を経るにつれ次第に興味という範疇《はんちゅう》から逸脱していったのだった。

「おじ様のお陰で、私も随分丸くなりました」

「どこがだよ」

「昔は家の中で債務者そうめん（赤色）というのが流行《はや》っていたのですが、私は途中からおじ様のことを思ってやめるように指示しましたからね」

「それ臓器売買のついでに遊ぶってやつだろ、確かに生物の授業でカエルの解剖のとき滅茶苦茶する奴いたけど！　やめて当然！」

今のアヤメの立ち位置は『龍』の存在により決定づけられたと言っても良い。故に打算は確かにある。だが何より、胸に秘めた恋慕《れんぼ》と性癖と性欲が、マスターに対していつもこの言葉を告げる理由となっていた。冗談めかして、しかし本心を込めて。

「というわけで結婚しませんか？」

「しねえよ！　まずはポケットの手錠《てじょう》と鞭《むち》を捨ててこい！！！」

CYBERPUNK
IZAKAYA GO

あとがき

はじめまして、「サイバーパンク居酒屋《いざかや》『郷《ごう》』」著者の西沢東《にしざわあずま》と申します。本作を手に取っていただき、誠にありがとうございます。

本作は「プールで泳《およ》ぐローマ教皇《きょうこう》」という手法から着想を得た作品です。

「プールで泳ぐローマ教皇」とは、脚本術の名著として知られる『SAVE THE CATの法則《ほうそく》』にて紹介されている手法です。大雑把《おおざっぱ》に説明すると、退屈になりがちな状況説明シーンを、例えばコミカルな場面の中で行うことで観客を飽きさせないようにする、といったものとなります。

そのため本作は「SFライトノベルを単話完結型コメディの連作のような形で構成することで、ほぼ全編に渡り『プールで泳ぐローマ教皇』を行う」というコンセプトで執筆しました。

また主人公をSF世界の住人にしてしまうと、現代人と常識や価値観が異なるため共感や感情移入がし辛い場面が出てしまうことがあります。そのため本作では異世界転生という要素を採用し、価値観の違いを逆手にとって二一世紀の主人公と二三世紀の世界の間で起きるすれ違いコメディを書くことにしました。

結果として独自の固有名詞や世界観設定が多数ある中でも読みやすさや面白さが確保され、かつ続きの読めない物語を生み出せた、と考えているのですがいかがだったでしょうか。お楽しみいただけたならば幸いです。

最後に、作品を作るにあたりお力添えいただいた担当編集様、素晴らしいイラストを描いてくださったへいろー先生、ネタ出しに四苦八苦する中気分転換に付き合ってくれた家族と友人たち、そして何よりWEB版からお付き合いいただいている読者の皆様にあらためて御礼申し上げます。

願わくは、また次巻でお会いしましょう。

サイバーパンク居酒屋《いざかや》『郷《ごう》』
～チート持《も》ちで転生《てんせい》したけどやることないのでまったり過《す》ごしたい～

2025年3月30日　初版発行

著　者　西沢《にしざわ》 東《あずま》
イラスト　へいろー
発行者　山下直久
発　行　株式会社KADOKAWA
〒102-8177 東京都千代田区富士見2-13-3
電話 0570-002-301（ナビダイヤル）

編集企画　ファミ通文庫編集部

デザイン　寺田鷹樹（GROFAL）
写植・製版　株式会社スタジオ205プラス
印　刷　TOPPANクロレ株式会社
製　本　TOPPANクロレ株式会社

●お問い合わせ
https://www.kadokawa.co.jp/（「お問い合わせ」へお進みください）
※内容によっては、お答えできない場合があります。
※サポートは日本国内のみとさせていただきます。
※Japanese text only

 ISBN978-4-04-738257-2 C0093　定価はカバーに表示してあります。

Comment
シスコンじゃん
Comment
こいついっつも燃えてるな
Comment
同期が初手解雇は草

ソードマン
[バスタード・ソードマン]

TS衛生兵さんの戦場日記

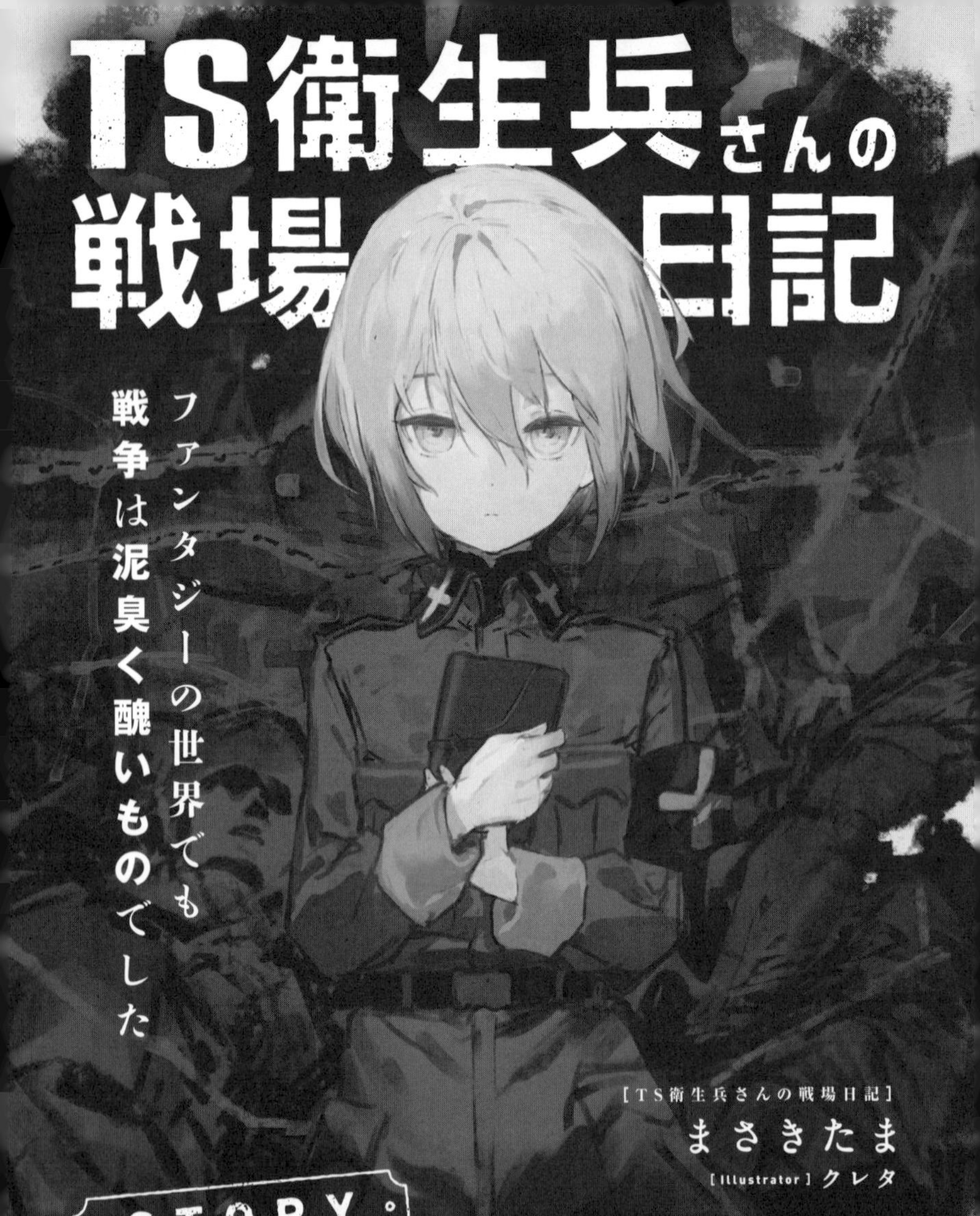

ファンタジーの世界でも
戦争は泥臭く醜いものでした

［TS衛生兵さんの戦場日記］
まさきたま
［Illustrator］クレタ

B6判単行本
KADOKAWA/エンタープレイン 刊

STORY

トウリ・ノエル二等衛生兵。彼女は回復魔法への適性を見出され、生まれ育った孤児院への資金援助のため軍に志願した。しかし魔法の訓練も受けないまま、トウリは最も過酷な戦闘が繰り広げられている「西部戦線」の突撃部隊へと配属されてしまう。彼女に与えられた任務は戦線のエースであるガーバックの専属衛生兵となり、絶対に彼を死なせないようにすること。けれど最強の兵士と名高いガーバックは部下を見殺しにしてでも戦果を上げる最低の指揮官でもあった！ 理不尽な命令と暴力の前にトウリは日々疲弊していく。それでも彼女はただ生き残るために奮闘するのだが――。